Romanzi

collana diretta da
Vanni Santoni

Giorgio Biferali
L'amore a vent'anni

tunué
#tuttaunaltrastoria

• Collana «Romanzi» #14 •
Giorgio Biferali
L'amore a vent'anni

Progetto grafico Tomomot, Venezia
Redazione Alessandro Aureli | a.aureli@tunue.com
Redazione Diego Fiocco | d.fiocco@tunue.com
Redazione Giulia Gabrielli | grafica@tunue.com
Ufficio stampa Silvia Bellucci | ufficiostampa@tunue.com
Ufficio stampa narrativa Claudia Papaleo | c.papaleo@tunue.com
Commerciale Marco Ruffo Bernardini | m.bernardini@tunue.com
Amministratore Emanuele Di Giorgi | e.digiorgi@tunue.com
Direzione editoriale Massimiliano Clemente | maxcle@tunue.com

Prima edizione: marzo 2018

© 2018 Tunué/Biferali
ISBN: 978-88-6790-268-2

Tunué
#tuttaunaltrastoria
Via degli Ernici 30 – 04100 Latina – Italia
T 0773.66.17.50 | F 0773.18.75.156
info@tunue.com | www.tunue.com

Stampato in Slovenia

Quest'opera, come tutte le altre della collana «Romanzi»,
è distribuita con licenza Creative Commons
Attribuzione–Non commerciale–Non opere derivate 3.0 Italia
(CC BY-NC-ND 3.0 IT)
http://creativecommons.org/licenses/by-nc-nd/3.0/it/legalcode

Indice

9	Capitolo 1
15	Capitolo 2
25	Capitolo 3
29	Capitolo 4
35	Capitolo 5
43	Capitolo 6
53	Capitolo 7
67	Capitolo 8
73	Capitolo 9
85	Capitolo 10
95	Capitolo 11
101	Capitolo 12
109	Capitolo 13
119	Capitolo 14
125	Capitolo 15
137	Capitolo 16
149	Capitolo 17
161	Capitolo 18
167	Capitolo 19
173	Capitolo 20
181	Capitolo 21

L'amore a vent'anni

*Poi, tutte le volte che le dicevo qualcosa,
lei rispondeva: «Anch'io», e viceversa...
Così alla fine, tanto per fare un'esperienza
esistenzialista, ho provato a dirle:
«Signorina, la amo tanto», e lei ha detto: «Oh!».*

Boris Vian, La schiuma dei giorni

1

Mi mancherà fare colazione con te il sabato mattina, i nostri silenzi, come mi guardavi quando non potevo vederti, mi mancheranno le cose che non ci siamo detti, mi mancherà perdonarti. Perché, no, tu non mi mancherai. Mi mancherà l'infanzia però, quando ogni cosa era ciò che sembrava, quando d'estate andavamo al mare tutti insieme, quando si moriva solo di vecchiaia, quando ero a cena con i grandi, in un tavolo a parte, e non mi guardavano mai mentre parlavano di cose serie. Mi mancherà rimanere a casa a vedere un film, con te che non sentivi bene e con mamma che si addormentava, tutta accovacciata nella sua poltrona, e io che finalmente potevo svegliarla. Mi mancherà vederla leggere quei mattoni di filosofia, come se dovesse prepararsi ancora la lezione per il giorno dopo. Mi mancherà fumare le sigarette con lei, quei cinque minuti in cui tutto il resto poteva aspettare. Mi mancheranno le notti quando non uscivo perché ero stanco, quando facevo tardi, comunque, senza fare niente. Rimanevo sveglio a pensare. Mi mancherà il rumore delle tapparelle di notte quando fuori c'è vento, mi mancherà scambiare quel rumore per i ladri che cercano di entrare in casa. Mi mancherà la casa, tutta, che è diversa da come la disegnavo da bambino su quei fogli bianchi che mi davano a scuola, con una sola porta, due finestre, un tetto colorato, un camino che fumava, e un albero accanto. Mi mancherà vederla riempirsi di voci, di sguardi, di musica, che eravamo cinque quando sono arrivato io, io che non ero previsto, poi i miei fratelli sono diventati grandi, e sono andati a vivere in una casa tutta loro. Mi mancheranno la stanza di mia sorella, che è diventata la stanza dei ricordi, con i quadri, le foto, gli album di famiglia, e quella di mio fratello, che è diventata la mia. Mi mancherà Roma, con i suoi sbalzi d'umore, il suo mese di marzo, che di giorno sembra estate e di sera autunno. Mi mancherà il lungotevere, che non finisce mai, con quegli alberi giganti che si abbracciano, con quelle foglie gialle arancioni dietro cui si nasconde il cielo. Mi mancheranno quelli che d'estate, in macchina, si fermano un po' prima del semaforo, quando si fa rosso, nella parte dove c'è un po' di ombra. E anche quelli che quando li fai passare fanno quel gesto con la mano che è a metà tra uno scusa e un grazie. Mi mancheranno l'Eden, i nasoni, le piccole vie di Trastevere dove le signore si parlano dalla finestra, indovinare i sanpietrini con i piedi che è come camminare sulla sabbia, il tratto della metro tra Lepanto e Flaminio, le ragazze del Nazareth che se ne vanno in giro in divisa e quelle che vanno nelle altre scuole, con il dizionario sottobraccio, che sono bellissime. Mi mancheranno quelli che vendono le rose, gli accendini, i filtri, quelli che in via del Corso disegnano per terra, quelli che cantano, quelli che ti chiedono una firma, quelli che schiacciano quelle palline morbide per terra, che fanno quel rumore strano, tipo hiii, e quelli che lanciano per aria le girandole luminose. Mi mancherà Eric, la sua ingenuità, quella volta che in prima elementare mi guardava un po' sospettoso, e poi con lo sguardo mi ha fatto capire che c'era un posto libero, vicino a lui, che saremmo diventati amici. Avevamo paura delle stesse cose, di *It*, del finale di *Roger Rabbit*, e dei piani degli ospedali per colpa di un racconto di Buzzati. Mi mancherà ascoltare le sue teorie sulle ragazze, anche se a volte non riusciva a capirle, anche se a volte non l'avevano capito e l'avevano trattato male. Che bello quando le abbiamo scoperte, alle medie lui veniva a dormire da me e facevamo la classifica delle nostre compagne, votavamo la più bella, e ridevamo, sì, perché sapevamo che il mondo con le ragazze avrebbe avuto un sapore più dolce. Mi mancherà vederlo in facoltà, salire su, dal piano terra, sulle scale antincendio, per fumare con me e gli altri. Mi mancheranno gli altri dell'università, Alessandra, che adesso non mi parla più, Marco, con quegli occhiali da sole colorati, quei baffi anni Settanta, quella leggerezza che mi faceva sentire ancora un bambino. Mi mancheranno le serate con loro, la silent disco, quella notte al museo in cui siamo scappati via. Mi mancherà Silvia, che mi ha fatto sentire che avevo un cuore, che mi ha fatto vedere il mondo nei suoi occhi, che è un posto che nessuno conosce, che negli occhi aveva due lampioncini illuminati quando mi guardava, quando ci siamo innamorati, che mi traduceva le canzoni francesi, che in macchina metteva la sua mano sulla mia per cambiare le marce, che cantava in playback le canzoni coprendosi la bocca perché non sapeva le parole, che immaginava i passanti camminare a ritmo con la nostra musica. Mi mancheranno le sue poesie, perché dentro c'eravamo anche noi. Mi mancherà quando l'ho vista per la prima volta, davanti alla mia finestra, abitava di fronte a me e io non me ne ero accorto, e anche la seconda volta, durante una lezione, che l'ho pensato di nuovo, frequentiamo lo stesso corso e io non me ne ero accorto. La prima volta, sì, che l'ho detto a mia madre, lei leggeva sulla sua poltrona, con gli occhiali quelli con la catenella, e chissà cosa le passava per la testa quando gliel'ho detto. E la seconda volta, che l'ho detto a Eric, gli ho detto Vedi, è lei, la ragazza di cui ti parlavo, quella che abita di fronte a me.

    Questo è tutto quello che avrei voluto dire, che mi è venuto in mente, e invece ho detto solo Ma, un po' tutto, che è una risposta che non vuol dire nulla, che non può essere all'altezza di una domanda come Cos'è che ti mancherà? Una volta tanto che mio padre mi parla, che si fa coraggio, che mi fa una domanda e mi chiede quello che voleva chiedermi niente, gli rispondo coi pensieri, come sempre. Ma certo non era quello il momento per fare un'eccezione. Sopra di noi c'è il solito cielo violetto di quando scende la sera, gli alberi con le foglie rosse, e giù, intorno a noi, le macchine con dentro le storie, una signora che gesticola a mani unite, come una preghiera in movimento, una ragazza nella smart che guida quasi da sdraiata, ha l'aria un po' scocciata, ci sono dei bambini con il grembiule che scendono da uno di quegli autobus a fisarmonica, io ed Eric ci salivamo sempre solo per metterci in piedi nella parte morbida, per vedere chi rimaneva di più in equilibrio. Davanti una macchina piccola e gialla, con la scritta SONO ELETTRICA E VOLO PER ROMA. Passano i bar, gli alimentari, le yogurterie, i tabacchi, i negozi di vestiti, le edicole chiuse, le agenzie di viaggi, i mcdonald's, i semafori, con una ragazza in leggins che aspetta il verde mentre si mangia le unghie, e una mamma che tiene fermo il figlio che ha un piede a terra e un altro sopra il monopattino. Il traffico, ecco, mi mancherà anche questo, rimanere fermo in mezzo ai clacson. Ecco la casa di Eric, poco prima che finisca la città, c'è stato un periodo che sono stato anche geloso di lui, perché parlava con mio padre, riuscivano a capirsi, un giorno gli aveva fatto anche incollare le foto nell'album di famiglia. Ma come potevo essere geloso? Io un padre ce l'avevo ancora. La città piano piano sparisce e si fa grande dietro di noi, adesso ci sono poche macchine, i soliti cartelli bianchi e verdi, la solita vegetazione anonima, che quando la descrivi puoi solo dire che è verde, niente di più. Mio padre sembra più piccolo, mentre lo guardo vivere nella coda dell'occhio. Ce l'hai il posacenere?, mi chiede. Lui sa che ce l'ho, ma me lo chiede lo stesso. Fiumicino sei minuti, dice. L'ha letto su un cartello luminoso che ci siamo appena lasciati alle spalle. Lo guardo che accende una sigaretta, come sposta le labbra, come la copre con le mani. Avevi ragione, aveva ragione Silvia quando diceva che io e te siamo uguali, che se fossi un attore e dovessi recitare la parte di uno che ha più di sessant'anni farebbero prima a dare la parte a te. Ci sono le bandiere di tutti i paesi, i pali della luce a forma di chiave di violino, siamo su una strada che sembrava non finire mai e invece finisce, da una parte gli arrivi, dall'altra le partenze. I cartelloni pubblicitari delle macchine, delle banche, delle compagnie telefoniche, di Irina Shayk con l'intimo nero che ci guarda, con quegli occhi chiari, le labbra morbide, e per poco non andiamo fuori strada. Il cielo adesso è coperto dalle scritte: VUELING FA VOLARE ROMA. NIENTE VOLA PIÙ IN ALTO DELLA MENTE UMANA. LA CONNESSIONE PIÙ POTENTE DEL MONDO SARÀ SEMPRE L'EMOZIONE. Davanti al T3 ci sono i parcheggi kiss&go. Ci sono due ragazzi che si salutano, lei guarda in basso, piange, poi si abbracciano, e forse piange un po' anche lui. Quando vede che li guardiamo lei lo scansa. Poi ci giriamo e si baciano, per tutto il tempo del nostro parcheggio.

2

L'amore esiste solo prima che cominci, / che cominciamo noi, / che la smettiamo di guardarci... Non ricordo qual è stata l'ultima poesia che ho imparato a memoria, prima di leggere quelle di Silvia. Forse una di Montale o di Leopardi o di Manzoni, sicuramente ero a scuola e la campanella era appena suonata e mentre tutti noi guardavamo la porta, la nostra unica via d'uscita, e dentro ci vedevamo la mamma o il papà o entrambi che ci aspettavano per pranzo, un pomeriggio fatto di mostri rosa e onde energetiche e più in là fatto di telefilm dove gli amici si amavano di nascosto ed entravano dalla finestra, di playstation insieme a Crash e a Spyro che sembravano non aver paura di niente e di nessuno, di partite di calcio che duravano una vita e che finivano quando finiva la luce del sole, la maestra ci fermava, s'inventava una campanella immaginaria che secondo lei doveva ancora suonare, ci faceva fare i nostri primi straordinari, e ci diceva cose come Allora ricordate, scegliete una di queste poesie e la imparate a memoria per domani. Ma poi non era mai solo un semplice impararle a memoria, visto che dopo che le recitavi in piedi davanti a tutti lei ti chiedeva di spiegarle, di fare un'analisi o quanto meno voleva sapere se ti eri fatto un'idea, se quella poesia ti aveva suscitato qualcosa. E mi ricordo che io sceglievo sempre quelle più brevi perché erano quelle più brevi, ma non pensavo al fatto che quelle più brevi in fondo erano quelle più difficili da spiegare e alla fine mi lasciavano sempre a balbettare qualche parola a mezza bocca, abbassando lo sguardo verso i piedi che a turno prendevano a calci l'aria, davanti ai miei compagni e alla maestra che mi guardava un po' male senza annuire mai. E anche se dentro di me sapevo che sarebbe stato mille volte più grande e più lungo e forse più intenso di tutto quello che avevo già vissuto, io in quel periodo al futuro non ci pensavo quasi mai. Ero un po' come una macchina da scrivere, i giorni mi scrivevano addosso la mia vita e poi la notte allungava la sua mano e mi spingeva indietro, come faceva mio padre quando cercavo di attraversare la strada prima di lui. Come in un film che avevo visto al cinema con Alice, la mia prima fidanzata, che mi veniva a prendere con il suo liberty grigio e un casco blu per me e mi diceva di tenere la schiena dritta e di non muovermi e di non darle delle cascate anche leggere tutte le volte che scattava il semaforo rosso, e che se in fondo avevo paura potevo abbracciarla che tanto lei era felice. Aveva la pelle chiara e due occhi azzurrissimi che si vedevano anche nel buio della sala, mentre bevevamo coca-cola dalla stessa cannuccia e lei mi baciava, in quel momento di semisilenzio tra i trailer e i titoli di testa. E poi piano piano le nostre mani si toccavano e s'intrecciavano e intanto nello schermo c'erano questi due che ogni giorno si amavano per la prima volta, lui perché si era accorto di averla finalmente trovata e lei perché invece aveva avuto un brutto incidente e dormire significava dimenticare tutto. Alla fine lui aveva avuto una di quelle idee che ti vengono solo quando sei innamorato e le aveva registrato una vhs dov'erano montate le scene più importanti della sua vita prima di quel giorno, compreso lui e la loro storia d'amore fatta tutta di primi incontri, da vedere al risveglio. E forse una cosa simile sarebbe servita anche a me, per non farmi vivere troppo alla giornata, una vhs che mi faceva vedere mio padre e mia madre e i miei fratelli che mi aspettavano a casa due o tre giorni dopo che sono nato e quando correvo nudo sul terrazzo di casa e gli occhi rossi in tutte le foto e dopo due ore in quella piscina che era piena di cloro, con mia madre che preparava le duecento lire per asciugarmi i capelli, poi la prima bicicletta e le recite a scuola e il carnevale travestito da Batman e il grembiule a volte blu a volte arancione e i discorsi con il mio amico immaginario Allan e i primi viaggi in macchina tutti insieme che io dormivo dietro al centro tra mia madre e mia sorella fino alla scuola, quella dei quasi grandi, di frasi spaventose come Ormai non sei più un bambino, o Scrivetevi i compiti per domani, con la cartella invicta nera pesantissima e molto più grande di me.

Se mi avessero chiesto di provare a spiegare una delle poesie di Silvia, che non erano mai troppo lunghe, forse la mia reazione sarebbe stata sempre quella di abbassare lo sguardo e di guardarmi i piedi che a turno prendono a calci l'aria. Perché oltre al senso di colpa di averle lette senza il suo permesso, c'era anche il fatto che mi sentivo coinvolto, che quella era la prima volta che imparavo a memoria una poesia che forse parlava anche di me. E per quello che ne potevo capire quelle poesie parlavano di lei che non sapeva bene da che parte andare, se voleva o meno andarci con me, sembrava che vivessimo in due città anzi in due mondi lontani, che non si somigliavano affatto, che in fondo facevo male a pensare di avere un'intimità con lei visto che non mi diceva sempre tutto quello che le passava per la testa e per il cuore. Parlava di illusioni ottiche e di ferite aperte e di come l'amore fosse contagioso e somigliasse un po' al gioco del telefono fatto da un gruppo di persone sedute in cerchio, che se la prima diceva all'orecchio Ti amo, all'ultima sarebbe arrivato Scappiamo, o Moriamo, ed era tutta un'altra cosa. E anche quella storia del cliché l'ho capita dopo, quando l'ho letta credevo parlasse di noi o comunque ho cercato di convincermi che parlasse di noi, perché ci stesse bene addosso. Ricordo bene il giorno dell'amore prima dell'amore, che poi era il giorno dell'esame. Mi ero addormentato a pancia in su con la luce accesa, un libro sul petto e una matita nascosta sotto la schiena. Mi aveva svegliato il rumore delle persiane che sbattevano e che ogni volta, dopo la morte del padre di Eric, scambiavo per i ladri e mi facevano rimanere in dormiveglia tutta la notte. Mio padre era sveglio ed era stupito di vedermi già in piedi e mi aveva detto un ciao un po' rauco. Quella mattina la moka fischiava e abbiamo preso il caffè più veloce della storia dei caffè, in piedi e con gli occhi ancora semichiusi. Poi ognuno nel suo bagno, mentre alla radio passavano dalla più grande crisi migratoria degli ultimi anni all'oroscopo. Il tempo di salutare mia madre che mi sorrideva e mi faceva l'in bocca al lupo e mi diceva di farle sapere che ero in macchina, per le strade ancora deserte che aspettavano le altre macchine e il sole ancora troppo bianco perché se ne vedessero i contorni nel cielo. Quella era l'ultima mattina della mia vita prima di Silvia, e anche se non avevo la certezza che lo fosse, un po' ci speravo. C'erano ancora pochi turisti in fila per i musei vaticani, avevo trovato l'onda verde dei semafori a via Cola di Rienzo e all'Eden davano tutti film che volevo vedere. Chissà se le piace la pixar, pensavo, o anche Tarantino potrebbe andar bene, certo però il cinema al primo appuntamento no, non è il caso, poi penserà che non abbiamo nulla da dirci. C'erano dei gabbiani che camminavano intorno alla bancarella dei libri in piazzale Flaminio mentre dall'altro lato della strada si era accostata una macchina ed era sceso un signore in giacca e cravatta per comprare dei fiori. Anche il Muro Torto era libero e le sue curve quel giorno sembravano meno lunghe del solito, anche se ormai le conoscevo a memoria e le facevo senza pensarci. Avevo messo la macchina in uno di quei non parcheggi che ogni tanto capitano a Roma, entro la fine di un marciapiede senza sfiorare le strisce blu a pagamento, e mi ero fatto macchiare il caffè nel bar accanto all'ingresso perché lì sapeva sempre di bruciato. E dopo le scorciatoie alberate per evitare lo sguardo della Minerva, mi ero ritrovato sulle scale antincendio del terzo piano con Eric e gli altri, anche se quel giorno c'era una marea di gente ed eravamo rimasti in piedi. Prima e dopo l'appello preferivamo star lì ad aspettare l'esame perché dentro si respirava un'aria che quasi non c'era più perché la respiravano tutti e la riempivano di ansie e di parole ripetute a occhi chiusi o bassi mentre facevano su e giù per i corridoi. Sui muri bicolore o quasi, metà bianchi e metà crema, e sotto quelle luci giallo ocra come in quelle mattine a scuola che il cielo era nero e carico di tutta la pioggia del mondo arrivavano studenti sconosciuti, che avrei visto solo quella mattina, che tenevano libri e dispense stretti a loro come se avessero paura che il cuore gli uscisse dal petto. Eric se ne stava appoggiato sul muretto davanti a una delle due finestre che dividevano il dentro dal fuori, e ogni tanto si girava per vedere se arrivava il professore per fare l'appello. Quello era un punto strategico perché da lì si poteva vedere la finestra con il corridoio che portava al suo studio e addirittura l'ascensore che l'avrebbe portato su da un momento all'altro. Alessandra si era fatta i capelli, forse aveva cambiato anche colore, sembravano un po' più biondi del solito, e si era vestita tutta di nero con una maglietta a collo alto un po' elastica da cui si intuivano vagamente le forme. Aveva una faccia bianchissima che faceva contrasto con gli occhiali scuri e non apriva bocca e non ascoltava perché fissava la finestra e si sentiva in colpa perché nessuno di noi stava parlando dell'esame. Secondo voi ci chiama in ordine alfabetico?, aveva chiesto con quella poca voce che le era rimasta, e poi era corsa subito dentro. Vins intanto era l'unico che aveva trovato posto sulle scale a pochi metri da noi, isolato in chissà quale playlist che suonava nelle sue cuffie, e ci guardava ogni tanto come per dire lo so che siete lì, in qualche modo ci sono anch'io, e non sentiva quelli che scendevano e gli chiedevano scusa per riuscire a passare. Si vestiva come un quindicenne, con dei cappelli a visiera che infilava al contrario e che gli schiacciavano tutti i capelli fin sopra gli occhi, fin sopra quegli occhialoni tondi da vista, e indossava delle felpe col cappuccio che gli stavano sempre un po' grandi. Era quello che rideva meno di tutti, e quando lo faceva non capivamo se lo facesse davvero, se fosse timidezza o se provasse come una sorta di compassione per noi. Da quello che ci raccontava, aveva una famiglia assurda, i suoi erano separati, il padre era un tassista con dei giri loschi, la madre stava con uno che era poco più grande di noi che faceva il massaggiatore, la sorellastra aveva una storia con il suo prof di antropologia... Ma voi lo sapevate che Marta ha una poesia di Baudelaire tatuata sul costato?, ci aveva chiesto Marco. Lo so, diceva, l'ho vista su instagram, e so anche che le piacciono i Baustelle, i muffin, i tramonti, i caffè visti dall'alto, i balconi, i maglioni, gli occhiali grandi, le facciate delle chiese. L'hai stalkerata alla grande, gli aveva detto Eric. No, aveva risposto lui, cioè sì, è che le ho chiesto di uscire e volevo essere preparato. Poi si erano messi a parlare di un programma su Sky dove c'era uno bendato che doveva baciare una ventina di ragazze e poi da quello doveva sceglierne tre con cui uscire e poi passare una notte in albergo. Vins aveva le cuffie, sì, ma da come li guardava sembrava che stesse ascoltando tutto. Vins, gli aveva chiesto Marco, ma a te interessano le ragazze? Come?, aveva chiesto lui. Le ragazze, dico, hai presente le ragazze, no? Ecco, ti piacciono? Eccola!, aveva risposto Vins, che aveva smesso di ascoltarlo e si era incantato chissà dove. Si era tolto gli occhiali, le cuffie, si era alzato in piedi per avvicinarsi alla finestra e vederla meglio. Noi all'inizio pensavamo di aver sentito male, che avesse detto Eccolo!, e non Eccola!, che fosse arrivato il momento dell'appello ed eravamo già tutti pronti a rientrare. Ma poi abbiamo capito che aveva detto proprio Eccola!, e che in quell'Eccola! c'era una ragazza che sorrideva e aveva la coda di cavallo che andava a ritmo con la musica che avevo nel cuore e si muoveva in una felpa bordò che sembrava leggera e in una gonna grigia lunga fino alle caviglie che sfiorava le sue superga bianchissime. Io pensavo Ma non avrà freddo vestita così, e poi mi dicevo Vabbè alla fine a marzo a Roma fa freddo, sì, ma solo all'ombra o la notte dopo le due o giù di lì perché al sole invece fa caldo, caldissimo, di quei caldi che ti guardi intorno e sembra che la città stia andando a fuoco e in mezzo ai palazzi nelle viuzze o nei tombini abbiano nascosto migliaia di phon da cui ti arriva un vento africano, e quella felpa bordò allora è anche troppo, ci vorrebbe un bikini, le birkenstock o le havajanas e poi tutti in macchina aspettando di vedere il mare. Pensavo Beati quelli che la conoscono e che si meritano il suo sorriso appena la incontrano, chissà com'è quando una come lei ti guarda e poi ti riconosce. Pensavo Io e lei vicini in fondo non saremmo poi così male, mano nella mano, a pensare a come riempirci a vicenda i giorni e i mesi e la vita in generale, e poi quanto sarebbero belli i nostri figli? Pensavo a questo, sì, anche se Silvia non mi aveva neanche visto.

    Eravamo andati tutti bene quel giorno, forse perché eravamo tanti e il professore si voleva sbrigare o perché erano le tre passate ed erano ore che sentiva le stesse cose, e Vins era l'unico che aveva capito cosa mi passava per la testa e per il cuore quando ho detto Ragazzi, voi andate pure, io rimango ancora qui per un po' che devo stampare delle cose... L'unico, sì, che aveva capito che volevo conoscere Silvia, parlarci, sentire dentro di me che in un modo o nell'altro la stavo aspettando. Mi sono seduto su una delle panchine di marmo vicino all'ingresso, che a quell'ora erano metà all'ombra e metà al sole. Anche se il cielo a guardarlo dopo le scale, gli alberi, la facoltà di chimica e di ortopedia, il bar con il caffè bruciato, forse ancora più in là, più o meno sopra alla stazione Termini, stava diventando nero. Silvia è uscita e parlava al telefono a voce alta e faceva dei gesti come se quella con cui parlava in realtà potesse vederla. Perché parlava con una lei, una lei che si era dimenticata dell'esame e forse non era la prima volta, non solo in fatto di esami. Ho fatto giusto in tempo ad accorgermi che non era una gonna lunga fino alle caviglie, quella che indossava, ma un vestito di quelli estivi, e che la felpa l'aveva piegata e infilata nella borsa. Io l'ho guardata, le ho fatto un cenno con la testa come per salutarla, le ho sorriso, lei sembrava pronta a sfogarsi anche con me, poi ha cercato di guardarmi meglio, come se volesse ricordarsi di me, di un giorno immaginario in cui io e lei avevamo parlato, ma niente. Mentre si avvicinava le ho detto Ciao, e appena l'ho detto ho avuto paura che potesse sentire il mio cuore, tanto batteva forte, poi è salito su e si è fermato nella gola, lasciandomi quasi senza voce, e la mia testa era diventata caldissima, come una pentola pronta a scoppiare. Ricordo che un giorno mia madre mi aveva raccontato qualcosa sulla mia nascita, uno di quei momenti a dir poco necessari che capitano a tutti perché tutti vogliono sapere da dove sono venuti e soprattutto come sono venuti e perché. E oltre a raccontarmi dell'ospedale in cui mi aveva fatto uscire che era il Policlinico Umberto I, a due passi da quella che sarebbe diventata la mia università, e che ero stato concepito per volere del caso e dei miei e di un dottore che non ci vedeva tanto bene, mi aveva raccontato del galoppo del cavallino. E che cos'è?, avevo chiesto a mia madre. Lei mi aveva spiegato che se l'aveva chiamato così, il galoppo del cavallino, era perché aveva preferito usare altri termini evitando quelli scientifici, che avrebbero reso freddo e troppo ordinario un evento così bello e così importante. Infatti mi piace molto il galoppo del cavallino, le avevo detto, ma in che cosa consiste? Alla fine mia madre si era rassegnata e si era sentita quasi costretta a spiegarmelo. Il galoppo del cavallino si faceva qualche mese prima del parto e non era altro che un'ecografia per monitorare il battito cardiaco e la funzionalità generale del cuore del feto. E ho capito che mia madre, a pensarci bene, aveva ragione. Preferivo di gran lunga il galoppo del cavallino all'ecografia per monitorare il battito cardiaco e la funzionalità generale del cuore del feto. Però così, dopo che mia madre aveva usato quei termini così scientifici, avevo finalmente capito che il galoppo del cavallino non era altro che il battito del cuore. Ed è stato proprio così la prima volta che Silvia mi ha detto Ciao, ho sentito il galoppo di quel cavallino che tornava a correre dentro di me.

3

Lei si era messa a parlarmi di qualsiasi cosa, dell'esame, degli occhi del professore che diventavano piccoli piccoli quando le sorrideva e di quei baffi bianchi che sembravano un cancellino impregnato di gesso, che anche se gli erano rimasti pochi capelli e quei pochi erano bianchi come i baffi il professore da giovane doveva essere proprio un bell'uomo, che avevano parlato quasi solo di Roland Barthes che era il suo saggista preferito e che se non l'avevo letto tutto per intero dovevo rimediare al più presto, del fatto che forse prima al telefono aveva fatto una figuraccia ma con la madre è così ha un rapporto difficile e non pensa che potrà mai cambiare, che un ragazzo un po' strano le aveva chiesto com'era andato l'esame e se poteva dargli il suo contatto di whatsapp che poi non era altro che il numero e lei non gli aveva neanche risposto, La gente non sta bene, diceva. Ma mentre lei parlava e rideva e si aggiustava i capelli e si girava appena sentiva qualcuno passare io pensavo solo al suo nome. Silvia. Silvia. Silvia. Avevo conosciuto altre due Silvie nella mia vita, una all'asilo e un'altra al liceo che mi dava ripetizioni di fisica ma mai nessuna che somigliasse davvero al nome Silvia. Questo perché mio padre un giorno aveva comprato *Focus D&R*, che sarebbe Focus Domande & Risposte, e lì tra articoli sul perché i gatti avessero paura dei cetrioli o su quali fossero gli snack che provocavano più incidenti ne avevo trovato uno che parlava del fatto che tutti noi in fondo somigliamo ai nostri nomi. E in effetti io nel nome Silvia avevo sempre immaginato una come lei, magra, castana, con la pelle bianca, gli occhi color nocciola, le labbra carnose, gli zigomi leggermente accennati, il naso piccolo e ben definito, le spalle larghe ma non troppo, truccata così bene da sembrare senza trucco. Ero così distratto e in un altro mondo a guardarmi da fuori e a chiedermi Oh, ma sta succedendo davvero?, che non mi ero accorto che avevamo fatto un po' di strada insieme e ci eravamo ritrovati nelle vie di San Lorenzo vicino al cinema Tibur che mi ricordo dava un film con Ben Affleck. Il cielo era cambiato, era rosa e nero e lampeggiava e si era alzato un vento improvviso come se il tempo avesse cambiato umore e noi lo guardavamo come per dire forse pioverà forse no, e nell'aria si sentivano l'odore dell'estate, del mare e della fine del mondo. Ma tu lo sai che esiste un sito che si chiama piovedomaniaroma.it?, mi aveva chiesto lei. Io non lo sapevo, pensavo che scherzasse, mi avrebbe potuto dire qualsiasi cosa, io ci avrei creduto. Diceva che nella vita, lei, a parte lo studio, scriveva poesie, che le piacevano le poesie semplici, amava Prévert, Dickinson, Szymborska, Raboni, alcuni poeti della scuola di New York, ma leggeva anche romanzi, soprattutto americani, tipo quelli di Hemingway, Roth, Vonnegut, che aveva letto *Festa mobile* in lingua originale ma che conosceva meglio il francese, l'aveva studiato al liceo, al Virgilio, in via Giulia, che quando usciva da scuola si rifugiava da Hollywood, che lì aveva la tessera da parecchi anni perché così poteva noleggiare film, come quand'era piccola, che era felice quando il padre la portava da Blockbuster. Io, per come stavo, potevo anche rimanere ad ascoltarla per ore, per sempre, senza parlare. Le avevo raccontato un po' di me, che avevo fatto il classico, il Mamiani, che anch'io andavo da Hollywood per comprare i film, che a parte lo studio, io, nella vita, avevo scritto dei racconti ma che quello che scrivevo poi non mi piaceva, non era mai all'altezza di tutto quello che avevo vissuto, sentito, pensato, ed era la prima volta che lo dicevo a qualcuno. Poi è successo di tutto, ha cominciato a piovere e ci siamo nascosti davanti a un portone a fumare, tra un bangla e un negozio di polaroid, lei lucky strike io marlboro, entrambe rosse, e abbiamo riso perché ci piaceva molto asciugare con l'accendino le gocce di pioggia che finivano sulle sigarette. Hanno provato a venderci un ombrello, poi è passata una sua amica che correva coprendosi i capelli con la borsa e ha salutato Silvia senza fermarsi. Silvia mi ha detto che era una sua amica storica che faceva storia dell'arte, che si era lasciata da poco con il suo ragazzo e che da un paio di mesi usciva con quelli che incontrava su tinder. Va bene che Laura sta un po' in crisi, diceva lei, però così che gusto c'è? Scegli qualcuno scorrendo le foto con il pollice, vedi se ti piace, metti like e poi ci esci per fare solo una cosa e poi ciao, come se non fosse successo nulla. Quando la pioggia si è calmata un po' abbiamo corso anche noi verso la macchina, le ho detto Ti accompagno, e lei mi ha detto Va bene, se non ti pesa volentieri, e io le ho detto Ti pare, tanto abitiamo vicini. Far finta di non sapere dove abitasse era come far finta di non sapere dove abitassi io. Prima di scendere le ho chiesto Ti va di darmi il tuo contatto di whatsapp?, lei mi ha guardato sorridendo e poi mi ha detto Vedremo, mi ha dato due baci, uno dei due più vicino alla bocca, e io ho aspettato che aprisse il portone e si girasse verso di me per salutarmi, e intanto mi guardavo intorno per capire se ci avesse visto qualcuno.

 Ho cominciato a vagare per Roma come se fossi appena arrivato, come se la vedessi per la prima volta. Stava tornando la luce che illuminava una piccola parte della cupola di San Pietro, che quel giorno somigliava a uno spicchio di limone. Il colonnato sembrava che volesse abbracciarmi, e io volevo fermare la macchina, scendere, mischiarmi con i turisti che seguivano le guide con l'ombrellino e il microfono. Mi sono fatto lavare il vetro a ogni semaforo rosso, e andavo piano, pianissimo, mentre dietro si sentiva un concerto di clacson di gente che aveva fretta di tornare a casa e non sapeva che io non ero lì, che la macchina si guidava da sola, che mi sentivo leggero, felice. Era tornato persino Allan vicino a me, seduto dove si era appena seduta Silvia, e mi ha detto Quanto tempo, amico mio, ti vedo bene, come non ti vedevo da anni, più o meno da quando tuo padre ti ha regalato quella montblanc dopo la maturità e ti ha abbracciato senza dirti nulla, anche lì eri così leggero, mi pare, però mi raccomando, vacci piano. Io l'ascoltavo senza parlare e poi è scomparso all'altezza dell'Eden dove c'era già un po' di gente fuori che parlava e fumava e aspettava di entrare per lo spettacolo delle otto. Mi sono ricordato di quando qualche mese prima lì avevo visto un film di Woody Allen che raccontava l'amore tra un prestigiatore e una medium e quando sono uscito dalla sala ho incontrato Marzullo che mi ha fermato e mi ha chiesto una cosa come Cos'è per te l'amore oggi?, e io ero rimasto senza parole perché non sapevo cosa rispondere e stavo ancora pensando al film e quindi era passato a quelli che uscivano dopo di me. Lì, ho pensato che sarebbe stato bello tornare indietro e riuscire da quella porta dopo il film di Woody Allen e ritrovare Marzullo che mi chiedeva Cos'è per te l'amore oggi? e rispondergli subito, senza pensarci, Per me l'amore oggi è quella cosa che ti fa sentire leggero, che ti fa tremare anche quando fuori non fa freddo e non si ha la febbre e non si sta facendo l'orale della maturità e non si aspetta in un corridoio con le luci al neon tua madre che esce dalla sala operatoria, che ti fa vedere tutto anche se non vedi nulla perché sai di avere gli occhi già occupati, che ti fa essere un altro e anche di più perché vuoi far colpo a tutti i costi su di lei, che potranno inventare facebook instagram happn once tinder ma quando la vedi per la prima volta che si muove e si guarda intorno e vive lì in quel momento davanti a te è tutta un'altra storia.

4

Gli aeroporti si somigliano tutti, con le hostess che vanno di corsa, le smoking area che ti fanno passare la voglia di fumare, che è meglio uscire fuori, fumare prima di aver fatto passare i bagagli, così puoi vedere il cielo e la luna che cambiano colore quando si specchiano nei palazzi a vetri. Dentro ci sono tre bar e in uno vendono di tutto, le pringles, i tuc, la macedonia confezionata, le m&m's, i muffin, le spremute, i lion, gli snickers, le torte vegane. Chi l'avrebbe detto che il mio ultimo caffè, prima di partire, l'avrei preso qui, da solo, in un luogo dove corrono tutti da una parte all'altra, dove ci sono tutte le stagioni, da quella che si vive con il cappello di paglia e la camicia hawaiana a maniche corte mezza aperta a quella con il maglione pesante e lo zaino north face che si prende tutta la schiena e arriva fino a terra. Ho sempre l'impressione di aver dimenticato la carta d'identità, o di averla persa. Questo nella foto non posso essere io, sono un bambino, senza barba, color bianco latte, uno come tanti che si è appena alzato dal letto, con i capelli che hanno la forma del cuscino. Mi ricordo Silvia la prima volta che l'ha vista, che rideva e mi prendeva in giro. Al posto suo, adesso, ci sono tre ragazze bionde che si somigliano, che si guardano intorno, che ridono in chissà quale lingua, una madre e una figlia che si fanno i selfie, un gruppo di cinesi eleganti e colorati, un ragazzo alto e barbuto con una maglietta con su scritto THE WARRIORS che cerca di collegarsi al wi-fi. Davanti a me c'è un signore che parla al telefono, che guarda verso il basso per non farsi sentire, che dice Amore, tutto bene, adesso devo attaccare, vedrai come sarà felice, poi appena torno partiamo noi, tanto abbiamo ancora la smartbox. La smartbox, maledetta smartbox, quanto ne avevano parlato i miei di quel weekend, che era un regalo che avevamo fatto io e i miei fratelli per Natale. Rischiava di fare la fine della moleskine quadrata che avevo regalato a mio padre, sperando che ricominciasse a disegnare, e che invece stava ancora nel cellofan buttata chissà dove. Mio padre voleva andare a Positano, perché lui lì si ricordava giovane, innamorato, felice, insieme a mia madre. Io non l'avevo mai vista Positano. L'ultima volta che c'erano andati io ero dentro la pancia di mia madre, mi hanno raccontato di una scena sulle scale, in salita, perché Positano è piena di scale e di salite, dove mio padre prendeva mia madre per un braccio e la tirava su e i miei fratelli la spingevano da dietro, con le mani sulla schiena. Potevano tornarci. Mi ricordo una sera che mio padre era di cattivo umore, mangiava a testa bassa, c'era la tv accesa senza volume, dentro c'era Mick Jagger che parlava accanto alla sua nuova ragazza, che avrà avuto cinquant'anni meno di lui. Mia madre faceva come sempre, mi guardava, poi guardava lui e s'inventava delle piccole storie che le erano capitate, o che aveva sentito, solo per non stare in silenzio. Oggi ho assistito a una scena terribile, aveva detto, e non ho fatto nulla, c'era una che guidava un macchinone, sai un SUV? Ecco, questa stava per uccidere un ragazzo nero che portava le pizze, lei gli ha tagliato la strada, lui per poco non cadeva, ed eravamo sul lungotevere, era pieno di macchine, al semaforo lei gli ha urlato Ricordati che sei un ospite, lui l'ha mandata a quel paese e io ero lì, paralizzata. Mio padre continuava il silenzio e allora lei ha parlato della smartbox, facendo una battuta sul fatto che mancava poco alla scadenza, e l'ha detto guardando mio padre, aspettando che lui la guardasse. Adesso non mi sento bene, ha detto lui, o puoi stare male solo tu? Ma scherzi, gli ha detto mia madre, perché dici questo? Quando sto male io, ha detto lui, dite che faccio la vittima, i due intellettuali di casa... Poi si è alzato da tavola e se n'è andato in camera sua, prima che io potessi dire qualcosa. Avevo gli occhi pieni di Silvia, la immaginavo che scriveva poesie, che parlava francese, che mi diceva Vedremo, anche se forse già lo sapeva che ci saremmo visti di nuovo, però quella sera era tutto un po' sfocato. Guardavo mia madre, con gli occhi nascosti nelle mani, con davanti il piatto che si freddava. Diceva che bisognava capirlo, che era preoccupato perché il medico aveva ricordato a mio padre delle sigarette, che fumava troppo, e c'era mancato poco che mio padre non lo prendesse a calci. Aveva usato quella parola, quella brutta parola che uno quando la sente un po' si spaventa, anche se era solo per prevenzione, così diceva il medico, ma per mio padre non cambiava poi tanto, aveva usato quella parola, ed era tutto il giorno che se ne stava un po' allucinato con gli occhi persi nel vuoto. I medici non lo capiscono che soprattutto loro devono stare attenti con le parole, diceva mia madre, io ne so qualcosa. Quella è stata una delle poche volte che me la sono presa con lei, e una delle tante volte che non sono riuscito a capire mio padre. Le ho detto che lo giustificava sempre, che proprio per averlo sempre giustificato adesso lui poteva fare il bambino, non aprire bocca, rispondere male. Non è mica colpa sua, le ho detto, ma tua. Da quant'è che è così? Da quando è andato in pensione? Perché non gli hai mai detto nulla? Lei cercava di spiegarmi, senza alzare la voce, con calma, come aveva sempre fatto. Mi diceva che nelle storie d'amore non è mai così semplice, bisogna cercare di capire, di accettare l'altro per quello che è, anche con dei compromessi. Non lo so com'è che potessi dirle quelle cose, in fondo non ne sapevo granché, delle storie che duravano per anni, dei matrimoni, della convivenza, dei figli, di quando si invecchia e si sta ancora insieme. Io l'avevo conosciuta che di anni ne aveva già quarantuno, sapevo solo che fumava, anche quand'era in classe e spiegava Hegel, che le piaceva fumare con me, che mi svegliava spesso la mattina quando io non sentivo la sveglia, che aveva dei capelli sottili, quasi neri, che quand'era giovane erano biondi, che le piaceva ascoltarmi, andare al cinema, ai concerti, che era forte, l'avevano operata tante volte nella pancia perché c'era una specie di morbo che ogni tanto tornava, che ci aveva ospitato dentro di lei, dentro a quella pancia, a me e ai miei fratelli, per ventisette mesi, nove per uno. Sapevo solo che era mia madre, ecco, che era diversa dalle altre madri, non so bene perché, lei non solo cucinava lavava puliva, ma aveva insegnato a scuola, filosofia, ci si era laureata, aveva fatto la supplente col pancione, accompagnava i figli dappertutto, a scuola, a nuoto, a calcio, a danza, li vestiva, li asciugava, li aiutava, li conosceva, sapeva come ascoltarli. Mio padre, invece, era diverso. Anche lui, come me, era un po' una macchina da scrivere, che di mattina ricominciava tutto da capo, sembrava un altro uomo, diverso da quello che era andato a dormire qualche ora prima. Le mattine per me sono sempre appartenute a lui, un po' come se le avesse inventate, come se lui e le mattine di tutto il mondo si conoscessero bene e nel tempo avessero costruito tra di loro un'intimità speciale. Anzi, a dirla tutta, a lui è sempre piaciuto anticiparle, si alzava prestissimo mentre il cielo schiariva e la notte piano piano si faceva da parte, come se in fondo facesse finta di dormire e ingannasse il tempo guardando fuori dalla finestra, sbirciando il futuro. Questa abitudine, lui, la doveva al suo lavoro, quando entrava in banca all'alba e tornava a casa per l'ora di cena, e l'aveva conservata anche dopo, in pensione, quando non era più costretto a indossare completi abbinandoci delle cravatte e a percorrere sempre gli stessi passi dentro un paio di scarpe duilio. Quando uscivamo per andare a scuola io e mia madre in ascensore ci guardavamo sorridendo perché nell'aria si sentiva ancora l'odore di mio padre, che era un misto di eau de toilette, di dopobarba e di uomo adulto. Nel tempo i suoi abiti sono cambiati, si sono fatti più leggeri, come se finalmente avesse cominciato a seguire il corso delle stagioni. Continuava a uscire presto, la mattina, o comunque sempre prima che io mi svegliassi. Gli piaceva camminare nel centro storico, in quelle piccole vie strette e ondulate dov'era nato e vissuto nei primi anni della sua vita. Per lui l'anomalia non erano i sanpietrini, ma l'asfalto delle altre strade. Usciva, prendeva il secondo caffè in un bar accanto a piazza Trilussa, dove c'erano ancora vetri rotti, bicchieri di plastica vuoti e angoli dove ti si appiccicavano i piedi per tutto l'alcol che ci era caduto sopra per sbaglio durante la notte. Nessuno sapeva se quel bar si chiamasse Friends o Meccanismo, forse mio padre non ci aveva neanche mai pensato, però gli piaceva entrare e sentire quel Buongiorno accogliente e caldo che riservavano solo ai clienti più affezionati. Il solito, Fa'?, e lui rispondeva di sì, il più delle volte annuiva sorridendo, per ritrovarsi poi il caffè come piaceva a lui, con il latte freddo a parte e una bustina di zucchero di canna accanto. Forse il primo sorriso della giornata mio padre lo trovava lì. In fondo cosa avevano da dirsi ancora lui e mia madre, di prima mattina? Avevano smesso di chiedersi cose tipo come hai dormito?, o di raccontarsi i sogni, e poi non c'erano grandi novità rispetto a qualche ora prima, quando avevano spento prima la luce e dopo un po' la tv. E quindi era in quel bar che mio padre diceva le sue prime parole, che reimparava a parlare, che provava a ritrovare se stesso e la sua voce. Con il tempo mi sono accorto che mio padre cominciava a essere veramente se stesso non appena usciva di casa, o che comunque negli occhi degli altri non somigliava affatto a quello che vedevamo noi ogni giorno. E io che me lo immaginavo come in un racconto che avevo letto dove c'era un uomo che tutte le mattine faceva colazione da solo al bar. Si sedeva a un tavolo per due, davanti a una sedia vuota, come se in fondo aspettasse qualcosa dalla vita o non si aspettasse più niente. Una mattina come tante entra un uomo grasso che gli domanda se può sedersi al tavolo con lui, che risponde di sì, e allora poi l'uomo grasso chiede se lui per caso è un certo Ruben e si scusa per il ritardo. L'uomo risponde di sì e da quella mattina, appena vede qualcuno che si aggira nel bar e si guarda intorno con aria spaesata, finge di essere quello che sta cercando pur di non fare più colazione da solo. E quindi me lo immaginavo così, mio padre, a entrare nelle vite degli altri per un po' presentandosi ogni giorno con un nome diverso. E invece a Trastevere lo conoscevano tutti. Mi dicevano Ma tu sei il figlio? No, perché un po' vi somigliate, io sorridevo e allora replicavano con Tuo padre è un grande, viene sempre qui a prendere il pane, le sigarette, i giornali, il caffè. Lo conosceva persino la signora della finestra di via del Moro, che scendeva sempre in vestaglia, anche d'inverno, amava farsi accompagnare a braccetto dalle persone del posto per una ventina di metri, dal suo portone al forno della Renella. E mio padre, lei, lo considerava una persona del posto.

5

Il risveglio dopo quel giorno in cui era successo di tutto, dall'esame all'incontro con Silvia alla cena con i miei, era stato un po' strano. Era un sabato mattina e mi ero alzato tardi rispetto al solito, intorno alle 11 o giù di lì, e su whatsapp mio padre mi aveva mandato una foto della statua di Giordano Bruno in Campo de' Fiori perché gli avevano appeso al collo un cartello con su scritto NESSUN DORMA, che a pensarci adesso forse era un avvertimento, come se lui sotto sotto lo stesse dicendo a me, tipo svegliati, Giulio, svegliatiii. Immaginavo tutto il percorso, aveva parcheggiato sul lungotevere alla fine di ponte Sisto, lato via dei Pettinari, che era una via piena di gioiellerie, quindi lato Campo de' Fiori. Era arrivato fino a via dei Giubbonari e poi in piazza, dove c'era Giordano Bruno, che assisteva alle voci del mercato, dei prodotti tutti naturali, delle ottime offerte, mentre a terra la verdura ancora umida si mischiava ai mozziconi di sigaretta e ai vetri rotti nella notte che era appena passata. Uno sguardo a quella statua incappucciata, quindi, al cinema Farnese, a una piccola libreria che aveva tutte le edizioni straniere di un romanzo di Bradbury, per poi tornare sui suoi passi, via dei Giubbonari, via dei Pettinari, le gioiellerie, un'occhiata alla macchina che era ancora lì, poi l'attesa che il semaforo diventasse verde, ponte Sisto, i ritrattisti, i percussionisti, i venditori di collane con il filo di caucciù, i mendicanti con le loro lamentele a voce bassa, e via nel cuore luminoso di Trastevere. Io invece stavo a casa, davanti a Sky che non funzionava, mancava il segnale e in un rettangolone blu al centro della tv suggerivano di riavviare o di chiamare il servizio clienti, e mi ero affidato ai canali del digitale sapendo che non avevano molto da offrirmi. Avevo lasciato un programma su Rai1 o Rai2, forse era uno speciale di *Unomattina*, perché dietro agli ospiti sullo sfondo c'era l'immagine di Heath Ledger travestito da Joker con una carta in mano e nella carta però, invece del jolly c'era disegnato un teschio. Poi avevano zoomato sullo sfondo e dietro a Joker c'erano foto di Robin Williams e Philip Seymour Hoffman e Amy Winehouse e Kurt Cobain, che era l'unico di questi ad avere un'aria un po' tormentata anche stando in posa. Sul titolo sopra c'era scritto una cosa come LA MALATTIA DEL SECOLO È INVISIBILE e in studio erano stati invitati apposta degli esperti per discuterne. Uno, i capelli lunghi quasi come la barba e una camicia bianca a pois con il collo alla coreana, diceva che dipendeva tutta dalle persone che pensavano di averla, quelle insicure, paranoiche, piene di complessi, che in fondo era tutta una questione di autostima, che non c'era bisogno di farmaci come il prozac o lo zoloft o il seropram per arrivare a capire che la felicità non è una cosa che si compra o si noleggia o si rimorchia, la felicità è come un muscolo e per questo va allenata ogni giorno. Il problema, diceva, è che queste persone si preoccupano troppo dei ricordi o di quello che verrà, dimenticandosi del presente, che è l'unica occasione che abbiamo per cambiare le cose. Poi, guardando nell'obiettivo e quindi verso di me, diceva Mi raccomando, ricordatevi sempre che noi nasciamo già felici, in amore, dal latino *a-mors* che significa *senza morte*. Poi partivano gli applausi, chissà se sinceri o se dovuti al solito cartello lampeggiante, e replicava un altro un po' più vecchio, che per venire in studio quella mattina si era fatto la barba e aveva indossato anche la cravatta, e diceva che sì, in effetti il vero problema era il tempo, ma il grande dimenticato non era quello presente, ma quello futuro, perché dentro queste persone, nel loro tempo soggettivo, svanivano le prospettive, i progetti, le ambizioni, i sogni, i desideri. Intanto c'era uno psicologo collegato da Parigi che dondolava e scalpitava per dire la sua, e quando il conduttore se n'è accorto ha interrotto gli altri per dargli la parola, chiedendogli quali potessero essere mai i metodi per guarire da questa Malattia Invisibile. Alle sue spalle spiccava la Tour Eiffel sotto a un cielo coperto da qualche nuvola e con davanti le fontane e i viali alberati, come se lui fosse sospeso per aria, in quell'aria che tutti si sarebbero aspettati da una città come Parigi. Lui, dall'alto della sua città, continuando a sorridere e cercando di parlare solo in italiano, diceva che abbiamo la fortuna di poter scegliere cos'è meglio per noi, che non dobbiamo mai mettere la nostra vita nelle mani degli altri. E intanto il primo annuiva come per dire Lo vedete come sono aperti i francesi? Io la penso come loro, infatti, sono aperto anche io, mica sono un provinciale come voi. Non mi ricordo bene a cos'è che pensassi di più quella mattina, forse alla tv e all'effetto ipnotico che aveva avuto sempre su di me, fin da quand'ero bambino e rimanevo seduto a terra al centro della sala da pranzo con le gambe incrociate e gli occhi fissi incantati, che mi poteva passare davanti chiunque e quell'incanto sarebbe rimasto. Quella mattina, forse, cercavo di ritrovare mio padre in quei racconti, in quei botta e risposta tra psicologi, di ascoltare i sintomi, di buttar giù dentro di me un elenco tipo lista della spesa e di mettere le spunte a quelli che mi sembrava di aver notato nella sua seconda vita, quella senza il lavoro. È mentre pensavo a tutto questo e me ne stavo sul divano, anche se in realtà nemmeno io potevo sapere dove fossi finito, forse in un modo dove le cose potevano cambiare, bastava solo pensarci e volerlo veramente, che ho riconosciuto il silenzio di mio padre fuori dalla porta, quello che durava cinque o sei secondi prima di essere interrotto da uno scampanellio di chiavi. Oramai sapevo distinguere il suo arrivo da quello di mia madre, visto che lei, anche se aveva mille buste della spesa, le chiavi se le preparava prima e le teneva in mano, così la chiusura dell'ascensore coincideva quasi sempre con l'apertura della porta di casa. Mio padre era entrato in casa ed era un'altra persona, sembrava quasi felice. Era entrato dicendo Buongiorno, con una voce squillante, che era la voce dei giorni migliori, era pettinato, aveva una barba appena accennata, insolita per lui, una giacca semileggera e giovanile con sotto una polo, dei jeans scuri, un paio di new balance grigie, una shopper bianca da cui spuntavano i giornali. Era l'immagine di come si doveva vivere quando si andava in pensione, di come ci si doveva vestire e sentire e immaginare in quella vita dopo, liberi e leggeri, di come si doveva guardare il mondo. Se mio padre fosse stato sempre come quella mattina, le cose sarebbero andate diversamente e la mia vita, quella con Silvia al centro e tutto il resto che le girava intorno, adesso non sarebbe solo un ricordo. Vederlo così un po' mi infastidiva, non so se perché in quel momento vedevo quello di cui era capace, che bastava così poco in fondo per essere felici, o perché sapevo che sarebbe durato poco, che quello era un momento passeggero. In più c'era il fatto che lui sembrava far finta di niente, come se quel fantasma che mangiava a testa bassa la sera prima ed era scappato da tavola non fosse lui, o fosse addirittura una mia allucinazione. Come stai?, mi aveva chiesto vuotando la shopper sul tavolo in salone e togliendosi gli occhiali da sole, ti sei appena svegliato?, che era una di quelle domande che odiavo perché dentro ci vedevo come una sorta di giudizio. Mi ero accorto in mezzo ai giornali s'intravedeva un libro e gli avevo chiesto che libro fosse. Un romanzo di uno scrittore americano, aveva detto lui, Bars, Barnes. Gliel'aveva consigliato una ragazza che lavorava in una libreria a Trastevere, a Santa Maria, nella piazza dove c'è la fontana. Sai quel tipo di ragazza magra, piccolina, però messa bene, con un'aria un po' intellettuale, come quelle che piacciono a te, diceva lui, non so di dove sia, sicuro non di Roma. Poi non so bene cosa sia successo, adesso forse posso anche immaginarlo. Mia madre me lo diceva spesso: Magari tuo padre non sarà bravo a comunicare, a esprimersi, non parlerà molto, però ti vuole bene, e tu dovresti vedere i gesti, le piccole cose, gli atti d'amore che compie per te. E quella mattina di atti d'amore ce n'erano tanti, a partire dal suo aspetto, che forse era un modo tutto suo per scusarsi della sera prima, poi il tono della voce, la voglia di farmi domande, di andare oltre se stesso e di parlare con me, comprare un libro, che poteva anche essere fatto tutto di pagine bianche, però era un libro, una cosa che secondo lui faceva parte del mio mondo. Ci aveva provato anche con la smartbox, dicendomi Io e tua madre ci stiamo organizzando, eh, per quel weekend fuori, dobbiamo ancora decidere dove, Positano, spero, tra stasera e domani si prenota, ma aveva visto la mia faccia, i miei occhi che guardavano ovunque, tranne che verso di lui, e allora si era come sentito svenire. Conservavo la sua immagine nella coda dell'occhio e mi sono accorto che era ferma, immobile, non si muoveva più. L'ho guardato e lui stava fissando un punto a caso, credevo che si fosse incantato guardando la natura morta sopra la tv, e invece stava solo cercando di rimanere lì, in piedi, a pochi metri da me. Poi ha messo entrambe le mani sul tavolo per rimanere in equilibrio, e il tavolo ballava come se ci fosse il terremoto solo in quel punto della casa. Allora mi sono alzato, l'ho tenuto per un braccio, lui mi ha messo una mano sulla spalla, era bianchissimo e sudava freddo. Poi si è ripreso, è tornato lì insieme a me. Stai bene? Che è successo? Come ti senti?, gli avevo chiesto io. Niente, niente, diceva lui. L'occhio poi mi era caduto sul libro che aveva comprato, un libro che avevo già visto all'università, nel modulo di letteratura americana, in cui si potevano scegliere tre libri da leggere in una lista di dieci e io avevo scelto Carver, Vonnegut e Wallace. Era *L'opera galleggiante* di John Barth, non avevo idea di cosa parlasse, però il titolo mi suonava strano, mi faceva pensare a mio padre poco prima, al fatto che per qualche secondo era stata lui l'opera galleggiante. Sigaretta?, mi aveva chiesto lui. Aveva visto la mia faccia, i miei occhi che erano gli occhi di chi pensava che una sigaretta in quel momento non fosse una buona idea. Quale sarebbe il pericolo?, diceva lui, che muoia giovane?, e intanto sorrideva. Ci eravamo seduti entrambi sul divano a guardare la tv, faceva zapping come al solito, senza neanche vedere quali fossero i programmi. Sky aveva ripreso a funzionare, aveva concesso la sua pazienza a Sky Sport 24, dove facevano vedere gli allenamenti della Roma, con il solito inviato ottimista e sorridente, e mentre scorrevano le immagini mi aveva chiesto Ma quanto è alto Dzeko?, per poi rispondersi da solo con un Guarda, è quasi più alto del portiere, che sarà 1,96. Poi i leoni e le gazzelle su National Geographic, *Friends* su Comedy Central, Real Time, dove c'era *Alta infedeltà*, un reality sui triangoli amorosi, Real Time + 1, con *Che diavolo di pasticceria!* E parlavamo, rispondevo a qualsiasi cosa, anche quando mi chiedeva cosa avessero detto, anche se si trattava di cose poco importanti. Mi sentivo in colpa tutte le volte che mi guardava, sembrava chiedermi Era così difficile? Poi era scomparso chissà dove e non lo sentivo più, e intanto era rientrata mia madre e si era fatta quasi l'ora di pranzo. Tuo padre dov'è?, mi aveva chiesto lei. Ho avuto una brutta sensazione, come se ci fosse troppo silenzio per tre persone. Sono uscito fuori, sul terrazzo, e non c'era, poi nello studio, in camera da letto, ma niente. Le finestre della loro camera erano semiaperte, le persiane erano completamente alzate ed entrava una luce che formava due rettangoli chiarissimi sul letto che poi finivano sul pavimento. La porta del bagno era aperta, e si sentiva un leggerissimo rumore elettrico. Lì le persiane invece erano abbassate, e forse la porta era aperta perché entrasse almeno un bagliore di luce. Pensavo ai film che non avevo mai amato vedere, quelli dove la trama non conta poi tanto, l'importante è avere paura e coprirsi gli occhi prima che aprano la porta. Però la porta, quella mattina, era già aperta. Mi sono affacciato e ho visto mio padre che si stava facendo la barba, quasi al buio, con il rasoio elettrico.

6

Dell'aereo mi piace il decollo, più dell'atterraggio, quando sembra quasi che faccia fatica a prendere quota, che tutti quei trolley, messi uno sopra l'altro, nel bagagliaio, si facciano sentire. Il bip che si sente quando non è più obbligatorio tenere allacciate le cinture e allora ci si comporta come se non fossimo sospesi per aria, tra le nuvole, in mezzo al nulla. E mi piacciono quelli che si addormentano a bocca aperta, come faceva Silvia, che si mostrano nella loro più profonda intimità, o comunque mi piace il fatto che l'aereo è l'unico posto rimasto dove si legge, si mangia, si parla, si guardano film, si dorme, e nessuno guarda mai il cellulare. L'aereo non è come la metro, dove se ne stanno tutti a testa bassa a far scorrere il pollice su quei piccoli schermi illuminati, come se non fossero sottoterra in un vagone in movimento, che ogni tanto si ferma, mentre una voce dice Flaminio, uscita lato destro, per poi ripartire diretto alla prossima fermata, e intorno non ci fossero gli altri, facce che forse vedranno per la prima e unica volta nella loro vita. La prima volta che sono uscito con Silvia, la prima volta che ci siamo messi d'accordo per farci trovare a vicenda nello stesso posto alla stessa ora, il nostro primo appuntamento, insomma, l'abbiamo passato per un po' nella metro. Era passato qualche giorno da quel Vedremo, e mi ricordo che immaginavo di tutto, che lei fosse fidanzata, che si fosse appena lasciata e non voleva sentir parlare di storie, che era stata carina con me solo per farsi dare un passaggio a casa, che il nostro incontro per lei era stato bello, sì, ma che agli incontri così belli lei era abituata, che il nostro incontro per lei non fosse stato niente di che, che avesse scoperto che abitavo di fronte a lei e si fosse spaventata per diverse ragioni, che avesse dimenticato il mio nome. Di quei giorni ricordo il senso di attesa, un po' come se fossi in stand by, come se stessi trattenendo il respiro. Avrei potuto fare tante cose, forse troppe, e quindi non avevo niente da fare, niente che mi andasse veramente. E poi nell'amore è tutto rovesciato, chi aspetta, chi cerca, ecco, non trova, e le cose succedono sempre quando meno te l'aspetti. Avevo bisogno di distrarmi, di uscire dalla mia routine, dalle mie abitudini, da me stesso, forse perché, pensavo, l'ultima volta che avevo fatto qualcosa di diverso mi sentivo bene, ero felice. La felicità, però, arriva nel momento in cui vivi la vita senza pensare che la stai vivendo, senza pensare mai a guardarti da fuori, senza chiederti mai se sei davvero felice. Sono andato in libreria da solo, mi guardavo intorno per paura di incontrare Silvia, di non sapere cosa dirle se non farle capire che non stavo poi così bene, che la stavo aspettando. C'era una luce calda che finiva sugli alberi e sulle foglie gialle e verdi che quel giorno sembravano milioni di piccoli specchi, e nell'aria c'era l'odore dell'estate. Era la prima volta che mi sedevo in libreria, su una delle due poltrone davanti al punto informazioni e a un settore che avevano chiamato "attualità", come se in alcuni libri, quelli dei settori narrativa, politologia, psicologia, saggistica, cultura locale, sport, si potesse evitare di parlarne. Alla mia destra avevo i libri d'arte, le novità, dalla pop art allo sfruttamento dello spazio urbano, da Caravaggio alle foto di Terry Richardson, e alla mia sinistra solo libri di ricette, tutti dedicati allo smartfood, alle istruzioni per "mimare il digiuno", almeno così c'era scritto, al supermetabolismo, ai piatti vegani o senza glutine, a quelli cucinati a seconda dei gruppi sanguigni. Il commesso al punto informazioni fissava il libro che stavo sfogliando, e quando i nostri sguardi si sono incrociati mi ha detto che lui l'aveva letto quando era uscito, che era un libro bellissimo, e che si era commosso. Poi vabbè, diceva lui, è anche vero che con Barthes come peschi, peschi bene. L'avevo scelto perché era un libro di frammenti, di appunti, era un diario che con il tempo si era fatto libro, ecco, e quindi si poteva leggere facilmente anche lì, in mezzo alla gente che parlava, ai commessi che spostavano carrelli pieni di libri, con la musica di uno che aveva appena vinto *X-Factor.* In quel diario diventato libro Barthes diceva di sentirsi solo, sua madre era appena scomparsa, e a lui sembrava tutto incolore e non aveva voglia di fare niente, si annoiava ovunque, e poteva aggrapparsi solamente ai ricordi, tipo quando non andava scuola ed era felice perché poteva restare a casa con lei. E mentre leggevo una domanda, ed ero lì, nel libro, avevo smesso di guardarmi intorno, di guardarmi da fuori, una domanda che Barthes faceva a se stesso e al lettore, forse, che comunque in quel momento ero io, solo io, in tutto il mondo, e mi chiedeva se il fatto di riuscire a vivere senza una persona che abbiamo amato significa che l'abbiamo amata meno di quanto credessimo, ecco, io ci stavo pensando, dentro di me rispondevo di no, certo che no, in libreria hanno alzato la musica, io ho alzato lo sguardo, e ho sentito il vincitore di *X-Factor* che cantava di un amore vicino ma lontano, e le chiedeva di non scappare, di non pensare che in una storia d'amore un po' di dolore non serva, e le diceva che lui e lei in fondo erano uguali. Allora eccomi di nuovo lì, sulla terra, con il vincitore di *X-Factor* che mi faceva lasciare da qualche parte il libro di Barthes, andando di corsa verso l'uscita, con la voglia di scappare dal mondo, dalla mia vita, da tutto, non solo dalla libreria.

 Divertitevi! Baci, mi aveva scritto mia madre dopo avermi chiesto se cenavo a casa, insieme a loro, e dopo che io le avevo risposto di no, che sarei andato a cena fuori con Eric e gli altri, anche se in realtà non avevo sentito nessuno. Ero andato all'Eden, all'ora del primo spettacolo, che era quasi deserto, erano tutti nascosti nelle loro case, pronti per mettersi a tavola. Avevo incontrato Ermanno, sempre elegante e profumato, con la barba incolta sul mento come un messicano, che non appena mi ha visto si è alzato per venire ad abbracciarmi. È un po' che non ci vediamo, mi ha detto, oggi tutto solo?, e ha cominciato a raccontarmi delle cose strane che l'avevano fatto ridere negli ultimi tempi. C'era chi veniva e diceva Due biglietti, grazie, senza specificare per quale film, chi nascondeva il cane nella borsa per farlo entrare in sala, una mamma con due bambini, uno nella culla e l'altro che le camminava appiccicato alla gamba e che la tirava avanti e lei diceva a Ermanno, con aria rassegnata, che non solo erano anni che non andava più al cinema, ma che adesso non riusciva neanche più a vedere che film davano. Nell'aria, anche se ormai era scesa la sera, si sentiva un venticello estivo, Ermanno indossava una delle sue camicie di lino, che sembravano fatte apposta per lui. Nella mia idea di estate c'era anche l'immagine di lui con quelle camicie un po' aperte sul petto olivastro, che chiude il cinema e poi rimane a parlare con me e con gli altri con il casco infilato in testa, come se da un momento all'altro potesse salutarci e poi sparire nella notte. In sala quel giorno saremo stati una decina, e io mi ero seduto nell'ultima fila, a sinistra, vicino all'uscita. Era la prima volta in vita mia che andavo al cinema da solo. In fondo, pensavo, qui è buio, nessuno mi vede, nessuno si accorge che sono solo, mica come quelli che cenano da soli, al ristorante, che fingono di essere molto occupati, controllano spesso il cellulare, simulando l'espressione di chi sta leggendo qualcosa di molto importante. Nel film c'era un ragazzo adolescente americano che sogna di diventare un batterista jazz, che ce la mette tutta, che si allena dalla mattina alla sera, tanto che deve fasciarsi le mani che ormai gli sanguinano ogni volta che suona. Comincia a uscire con una ragazza che conosce al cinema, quando ci va con suo padre, lei è quella che vende i popcorn, ma dopo un po' la lascia perché vuole pensare solo alla musica, solo al suo sogno, solo a diventare grande, anzi, il più grande, e lei sarebbe solo un ostacolo per lui. Mentre guardavo il film un po' lo invidiavo, pensavo Beato lui che sa cosa vuole dalla vita, che riesce a essere così lucido e razionale, mettendo da parte tutto il resto, persino l'amore. Però poi ci avevo ripensato, mi dicevo che no, forse non avrei voluto essere come lui. Quel giorno, per la prima volta, sono uscito quando la sala era ancora buia e sullo schermo scorrevano i titoli di coda. Ermanno era andato via e mi sono fermato fuori dal cinema a fumare nel brusio dei passanti e di quelli che dovevano entrare per il secondo spettacolo. Mi sentivo tranquillo, sapevo che quelle due ore passate lontano da Roma e dall'idea di Silvia mi avevano fatto bene. Ma piano piano stavo tornando in me, a mettere a fuoco tutto, i miei vestiti, il mio corpo, i miei piedi che toccavano terra, le mie mani, le due dita che tenevano stretta la sigaretta per qualche minuto, i titoli luminosi dei film, i ritagli di giornale con le recensioni in una vetrina accanto all'ingresso, la strada, le macchine ferme, parcheggiate, quelle che andavano dritte verso il Muro Torto, i tetti che facevano tutt'uno con il cielo, i blocchi di nuvole, gli aerei e poi di nuovo giù, di nuovo io, a guardarmi da fuori, da solo, stordito, in una sorta di jet lag, che pensavo a Silvia. Ho scritto ad Alessandra, le ho chiesto cosa facesse, dove fosse, sapevo che mi avrebbe risposto quasi subito. Mi ha risposto che era a casa, che stava leggendo, e rimaneva online, in attesa della mia risposta. Immagino che quella sera guardasse lo schermo, emozionata, sperando di leggere sta scrivendo... e non ultimo accesso oggi alle..., con la sorella piccola che era già uscita e chissà quando sarebbe rientrata, o che magari era lì, vicino a lei, e la prendeva un po' in giro. Un'ora dopo eravamo seduti nella piazzetta di Monti, sulle scale, attorno alla fontana. Quella sera la piazzetta si era riempita, non eravamo solo noi a esserci accorti che c'era un po' di estate nell'aria. Quella piazzetta era come uno di quei quadri cui ti affezioni, dove i colori, le sfumature, i personaggi principali, le prime impressioni rimangono, ma in fondo qualcosa cambia, sempre, dipende tutto da come li guardi. Le bottiglie vuote di birra a terra che giravano intorno alla fontana, l'africano che credeva di dipingere, toccava i muri con le dita, senza pastelli, senza colori, poi diceva una cosa come Wow! Amazing!, sorrideva, si guardava intorno, indicava le sue opere come fosse davvero fiero di sé, con gli occhi che brillavano, e dall'altra parte della piazza la solita signora rannicchiata a terra che sembrava specchiarsi nel cielo e parlava da sola, nessuno sapeva cosa dicesse e in che lingua lo dicesse. E poi c'erano gli altri, seduti accanto a noi vicino alla fontana, che come noi, forse, conoscevano a memoria i tempi, le scene e i personaggi di quello spettacolo che erano le piazze di Roma quando arrivava l'estate. Ale fingeva di sentirsi a suo agio, ma bastava qualcuno che alzasse un po' la voce o anche solo il rumore di una bottiglia che si rompeva a terra perché si agitasse, si voltasse, si toccasse i capelli per nasconderne un po' dietro alle orecchie. Era bellissima quella sera, anche se non riusciva a sorridere. Era vestita come in una foto che aveva pubblicato su facebook, con una gonna color crema piena di piccoli rombi neri e una camicetta con i primi tre bottoni aperti, un po' scollata, e quando si girava le guardavo quel petto bianco, quel gioco di luci e di ombre per indovinare le sue forme. Una sera con Eric e gli altri avevamo spiato il suo profilo, e oltre alle foto di cieli tersi, arcobaleni, stormi di uccelli che volavano al tramonto, murales di Banksy, biciclette vintage, pagine di libri sottolineate, lei bambina con la sorella piccola in braccio sopra una di quelle sdraio bicolore a strisce, c'era questa foto di lei truccata, che con la mano destra si toccava una spalla, le labbra che simulavano un bacio o quasi, uno sguardo sicuro che non le era mai appartenuto, lei che sapeva di non essere stata sempre così bella. Magari fosse così, dicevano loro, le piacerebbe, e io quella sera in piazza a Monti avrei voluto chiamarli tutti, uno per uno, per farli venire lì, per fargli vedere che lei non solo era la stessa di quella foto, ma che anzi quella foto non le rendeva giustizia. Ma non avevi detto che non ti piacevano le bionde?, mi aveva detto lei, Sì, e allora?, avevo risposto io, Be', mi hai chiesto di uscire, forse avrai cambiato idea. Intanto si toccava i capelli, lunghissimi, che le sfioravano i fianchi, doveva esserseli appena lavati perché sapevano di buono, e quando le nostre spalle si toccavano mi arrivava un odore di balsamo alla frutta così forte che mi sembrava di aver messo il naso in un albero di pesche. Non l'avevo mai vista parlare così a lungo senza fermarsi, forse aveva paura del silenzio tra noi, e mi raccontava dei suoi genitori ancora giovani, del padre che usciva all'alba per portare fuori il cane e arrivava fino al forno, facendo trovare alla moglie i cornetti ancora caldi per la colazione. I suoi genitori, sì, che si erano concessi un viaggio per festeggiare il loro anniversario, e che ogni volta che pensava alla sua famiglia, cioè a suo marito, che ancora non c'era, e ai suoi figli, almeno due, che ancora non c'erano, pensava a loro, ai suoi genitori, e si sentiva tranquilla. La sorella che stava crescendo, inafferrabile, sfuggente, più viziata di lei. Pensa che appena ha compiuto quattordici anni le hanno comprato subito il motorino, ti rendi conto? Aveva ancora i denti da latte e già guidava, io ho dovuto aspettare i diciassette perché si decidessero a comprarmelo. E poi finalmente era arrivata alla sua vita, che ormai io non conoscevo quasi più, se non nelle aule, nei corridoi, sulle scale antincendio dell'università. Adesso faceva ripetizioni, italiano e latino, andava al cinema, alle mostre, a sentire l'Opera, quasi sempre da sola, e le andava bene così, diceva lei, ma io non le credevo. Eravamo come in uno di quei film indipendenti americani che vincono al Sundance e io facevo la parte del ragazzo timido che vorrebbe dire cose come Dai, la prossima volta ti accompagno, vengo con te, e invece non dice nulla, non ha il coraggio, guarda altrove, con gli occhi impauriti e persi nel vuoto. Io quella sera ero distratto, confuso, mi sentivo già in colpa per averle chiesto di uscire con me. E ancora di più dopo aver scoperto che lei si ricordava tutto di me, dei miei capelli a caschetto quand'ero piccolo, delle recite, di quanto mi vergognavo a fare lo spazzacamino, di quando ero in prima fila a cantare Ella Fitzgerald e Louis Armstrong, che cominciavo io con un assolo di voce, una voce piccola, sottile, intonata, *Stars shining bright above you, night breezes seem to whisper i love you*, e poi partivano gli altri, di quando mi avevano colpito in faccia a pallavolo durante l'ora di ginnastica e lei era corsa a prendere del ghiaccio, che sognavo di fare il benzinaio, l'aviatore, il cantante, l'attore, l'imitatore, l'avvocato, il detective, il commesso da Blockbuster, il calciatore, il professore. E in quel momento pensavo che l'amore è anche questo, riconoscersi, confondere i ricordi, conservare anche quelli di un'altra persona, per sempre, come fossero nostri. E poi eccoci a camminare verso quel portone antico, così familiare, alto tre volte noi, in legno chiaro, con due maniglie circolari dorate che nessuno usava per bussare, non in tempi recenti almeno, dove l'avevo vista entrare e uscire un milione di volte, dov'ero entrato e uscito un milione di volte anch'io, a pranzo, a cena, nei pigri pomeriggi dove cercavamo di studiare insieme ma poi finivamo sempre per distrarci, quando ancora ci si chiamava a casa, e non ci si vergognava a suonare il citofono senza aver avvisato prima. Ti va di salire?, mi aveva chiesto lei mentre frugava nella borsa. Chissà quante volte avrà sfiorato le chiavi con le dita, pensavo io, e non sapevo cosa dire. I miei sono partiti e mia sorella dorme dal suo fidanzato di questa settimana, diceva ridendo, e più non le rispondevo più lei si faceva rossa e cercava di inventarsi nuove frasi per darmi tempo. Forse avrò detto qualcosa, cercavo una scusa, sperando che le parole mi aiutassero, che per una volta nella vita fossero loro a trovare me e non il contrario, ho fatto un gesto, mi sono mosso in avanti con il corpo, lei si è girata e ci siamo trovati occhi negli occhi, con i nasi che quasi si toccavano, respirando la stessa aria. Ho appoggiato la mia fronte sulla sua, ci siamo guardati, vedevo solo un occhio grande e scuro che brillava, come il cielo d'agosto visto dalla spiaggia, e mi sono perso. L'ho baciata, o forse lei ha baciato me, uno, due, tre baci a stampo, prima che le labbra si schiudessero e sentissi la sua lingua. Pensavo a tante cose, mi chiedevo se quello fosse un errore, se stavamo rovinando tutto o se invece era il caso di correre il rischio, di vedere come saremmo stati io e lei insieme non essendo più amici, poi mi era venuta in mente una delle teorie di Eric sulle donne, quella sui primi baci, che lui diceva che ti puoi fidare solo delle donne che al primo bacio non usano subito la lingua e danno prima qualche bacio a stampo, e alla fine ci guardavo da fuori e pensavo a Silvia e mi sentivo in colpa per Ale, che se eravamo lì a baciarci davanti al suo portone era anche perché Silvia era sparita e io avevo cercato un modo per distrarmi. Fatto sta che in un bacio come quello non dovevo pensare a tutte quelle cose, anzi, non dovevo pensare a nulla, se non a baciarla. Quando ho sentito la sua mano destra che dal mio fianco passava lentamente alla cinta per poi scendere l'ho fermata, ci siamo guardati, l'ho baciata di nuovo, a stampo, le ho detto Buonanotte, e sono scappato via, lasciandola lì, in piedi, davanti al portone, a guardarmi mentre me ne andavo.

7

La mattina dopo l'estate si sentiva ancora nell'aria, avevo dormito con la finestra aperta e mi ero anche scoperto durante la notte. Ero rimasto a guardare il soffitto, che piano piano si faceva più chiaro, e mi sentivo come in hangover, senza forze, senza voglia di alzarmi, anche perché alzarsi significava rimettere a fuoco tutto, il giorno prima, la sera prima, qualche ora prima, prendere coscienza che alcune cose, quando vanno bene e sembra che siano fatte per essere così, che non potrebbero essere altrimenti, non c'è alcun bisogno di cambiarle. Avevo raccontato tutto a Eric che all'inizio non mi credeva, poi sì, e non faceva che darmi del coglione, di dirmi che avrei potuto realizzare il sogno di tutti, che uno la prendeva sempre in giro ma in fondo si sapeva che Alessandra era perfetta per me e non solo, era perfetta per chiunque fosse stato in grado di ascoltarla e di capirla davvero. Avevo passato tutta la mattina senza sapere cosa fare, guardando siti che parlavano di matrimoni a tre, delle lotte nel fango sull'*Isola dei famosi*, della cultura pop giapponese che stava spopolando in Europa, di Charlie Hebdo che stava cercando di rimettersi in piedi, e leggendo tutti gli oroscopi. Mi ero quasi convinto di chiamare Alessandra, non so se per chiederle scusa, o per inventarmi delle scuse, che so, che ero un po' sorpreso, spaventato, forse, che non mi aspettavo che tra noi potesse succedere qualcosa, per quello ero scappato, una sorta di attacco di panico, ecco. Ho sentito quel suono strano di messenger, che è come il suono di tanti messaggi che ti arrivano nello stesso istante, e ho letto una domanda, forse una delle domande più belle che uno possa fare nella vita quando si avvicina l'estate: Gelato? E sopra quella domanda c'era il nome di Silvia, non sapevo il cognome, ma dentro di me era come se fossi sicuro che quel messaggio potesse arrivare solamente da lei. Avevo una richiesta d'amicizia, sempre lei, la stessa del messaggio, ho accettato anche perché volevo essere sicuro che fosse davvero lei, Silvia, la terza Silvia della mia vita, quella più importante, anche se dalla foto profilo, nonostante gli occhiali da sole, il bianco e nero, i capelli che le cadevano sul viso, l'avevo già capito. Sotto la foto, sopra la scritta HA STUDIATO PRESSO LA SAPIENZA, aveva scritto una frase di uno scrittore egiziano che diceva che capisci di essere a casa quando non senti più il bisogno di fuggire. Poi le sue foto le ho guardate tutte, come incantato, come uno zapping dove trovi sempre lo stesso canale, al centro c'era sempre lei, lei in barca con il cappello messo al contrario e la scia bianca del motore alle sue spalle che taglia a metà il mare, lei al risveglio con una canottiera nera un po' larga, lei di profilo davanti ai grattacieli di New York con i capelli raccolti in una coda di cavallo, lei con la camicia jeans e un cappello blu di lana e i capelli un po' più corti che sembrava una francese, lei che fa una smorfia in ascensore accanto a un uomo più grande di lei che le sorride, e poi i paesaggi, il verde, tanto mare, Roma, una Roma vista da un turista che ormai la conosce e la guarda come se ci fosse nato, i Fori Imperiali, il Colosseo, il Ponte della Musica, tutti sotto una luce nuova, mai vista prima. Sulla sua bacheca, tra poesie, selfie, paesaggi, posizioni condivise e articoli di Internazionale, c'erano le canzoni dei Radiohead, dei Beatles, di Battisti, di Tenco, di Battiato, *La casa di Hilde*, che era una delle mie preferite di De Gregori, quella che comincia con *l'ombra di mio padre, due volte la mia.* Poi ho rimesso tutto a fuoco, mi ero incantato, come un bambino che entra per la prima volta in un negozio di giocattoli, e avevo dimenticato la cosa più importante, che Silvia mi aveva scritto Gelato? e io ancora non avevo risposto. Le ho scritto Sì, dove?, e lei mi ha chiesto cosa contasse di più per me, se il sapore o il colore del gelato, e quali fossero i miei gusti preferiti. Il sapore, almeno credo, avevo risposto io, mi piacciono cioccolato, nocciola e pistacchio. Ne abbiamo uno in comune, mi aveva risposto lei, ma lo sai che Roma è la città che spende di più per i gelati? Poi ci siamo confrontati sulle gelaterie, buona quella dei Gracchi, buona quella siciliana dietro piazza Cavour, era bello pranzare l'estate con la loro brioche ripiena di gelato, l'Old Bridge, che alle cinque di pomeriggio non si sapeva se ci fosse più fila lì o davanti ai Musei Vaticani, il gelato del Calisto a Trastevere, l'unico cono del mondo che costava un euro, Vanni, dov'erano buonissimi i gusti alla frutta, soprattutto il mango, ma alla fine siamo arrivati a un punto d'incontro, sembrava come se ci girassimo intorno ma in fondo sapessimo entrambi che il migliore era Giolitti, in centro, vicino al Parlamento. Ci siamo dati appuntamento alla metro Ottaviano, Quale delle quattro entrate?, mi ha scritto lei, Quella al semaforo, all'incrocio tra viale Giulio Cesare e via Ottaviano, nel lato dove ci sono i mercatini, il cinema, il Mc Cafè, ho risposto io. Ero teso, eccitato, nervoso, sentivo il bisogno di uscire, di smetterla di fare su e giù per la casa, divorando sigarette che poi avrei lasciato a metà. Era come se quello che provavo prima di fare l'orale della maturità, guardando da fuori i miei professori per una volta riuniti tutti insieme nella stessa aula, pronti a farmi domande che non c'entravano nulla l'una con l'altra, più quello che ho sentito quella mattina che mio fratello mi ha chiamato per dirmi che era diventato padre e di correre in ospedale, più quello che sentivamo aspettando che mia madre uscisse dalla sala operatoria, più il primo bacio, la scoperta del sesso, il primo bagno al mare senza i braccioli e senza toccare, tutte queste cose, insomma, girassero dentro di me senza fermarsi e trascinando con loro il cuore. Esco un'ora prima, mi dicevo, tanto che ci sto a fare qui a casa, non combino nulla, meglio fuori, dove c'è meno silenzio, e poi così non la incontro, sai che imbarazzo?, pensavo, Scendo e lei mi vede che esco dal palazzo di fronte al suo, pensa che figura, meglio di no, mi faccio un giro, guarderò qualche vetrina a Cola di Rienzo, mi provo qualche occhiale da sole davanti alla Coin, magari mi prendo anche un caffè, poi torno indietro, prendo via Silla, magari arrivo con qualche minuto di ritardo, così mi vede arrivare da lì e sembra tutto più naturale. Immaginavo il percorso facendo le scale, quel giorno avevo pensato anche di contarle, in fondo non l'avevo mai fatto, poi no, sarà per un'altra volta, le scale comunque sempre meglio dell'ascensore, sempre meglio che aspettare l'ascensore, va bene aspettare Silvia, va bene aspettare l'ora dell'appuntamento con Silvia, ma adesso anche l'ascensore no, le attese per oggi possono bastare. Le porte di legno, i tappetini con scritto welcome, un fiocco rosa, un cartello di avviso ATTENTI AL GATTO, chissà se ridevano davvero quando l'hanno appeso, se erano davvero convinti che "attenti al gatto" avrebbe fatto ridere qualcuno, poi i campanellini a ogni piano, quelli legati al tasto giallo dell'ascensore, quello dell'allarme. Intanto scendevo, immaginavo il percorso, Cola di Rienzo, caffè, via Silla, un po' di ritardo, metro Ottaviano, fino a che la luce si è fatta più chiara, quella del giorno, del portone al piano terra che mi avrebbe fatto entrare nel mondo di fuori, fino a che non l'ho aperto, quel portone, e davanti a me ho trovato Silvia, che attraversava la strada, che si è fermata, non appena mi ha visto, e non sapeva che fare, se fosse il caso di sorridere, di rimanere ferma, di venire verso di me, di abbracciarmi o addirittura baciarmi, di chiedermi E tu, che cosa ci fai qui?

Non ci è voluto molto perché mi credesse, in fondo ero stato sincero, le avevo detto la verità, cioè che il caso, il destino, le coincidenze, mi lasciavano sempre così, senza parole, quante probabilità c'erano che io e lei abitassimo nella stessa via? Lei mi ha detto che le avevo ricordato, anche se non sapeva bene come, visto che era un po' il contrario, Antoine Doinel, uno dei film della saga di Antoine Doinel di Truffaut, anzi più che un film un cortometraggio, dove Antoine affittava una stanza di fronte a Colette, la ragazza che amava, fingendo che si trattasse di un puro caso. Io sorridevo e mi veniva voglia di essere sincero, di non dirle mai una bugia, di raccontarle tutto quello che mi passava per la testa, perché era bella, con un vestito colorato e leggero che finiva poco sopra il ginocchio, degli stivaletti neri che rimanevano morbidi intorno alle caviglie, i capelli sciolti che si schiarivano al sole, l'elastico per i capelli legato al braccio, e mi faceva sentire bene. Eravamo seduti nella metro, direzione Anagnina, che ogni tanto si fermava senza un motivo, come se anche i treni avessero bisogno di riprendere fiato, e fuori dai finestrini si vedeva tutto nero. Ma prima cosa facevano?, mi chiedeva Silvia, prima che inventassero i cellulari, come passavano il loro tempo? C'era solo una ragazza, in piedi, avrà avuto quindici anni, un po' in carne, con uno zaino invicta sulle spalle, che leggeva senza distrarsi. Una signora accanto a noi sul suo smartphone giocava a fruit ninja, un gioco in cui doveva aspettare che la frutta venisse lanciata da sotto per poi tagliarla con le dita, toccando lo schermo e stando attenta a schivare le bombe. C'era un signore con un cappello che dormiva con la testa poggiata sul vetro, aveva la faccia un po' sporca, annerita, come se fosse appena venuto fuori da un camino, un altro, che sembrava straniero, americano forse, che guardava Silvia e poi guardava me e poi riguardava Silvia e riguardava me, e un ragazzino che fingeva di fare surf, di tenersi in equilibrio nella parte che univa i due vagoni. Silvia era uscita prima di casa perché aveva discusso con la madre, guardavo le nostre gambe che si toccavano, ogni volta che la metro rallentava o si fermava. Hai fratelli?, mi ha chiesto lei. Sì, due, ho risposto io, un fratello e una sorella, e tu? No, figlia unica. Allora il signore che sembrava americano, che aveva un'aria familiare e stava ascoltando tutto, mi ha guardato sgranando gli occhi, come se volesse avvisarmi di qualcosa. Tipo stai attento, i figli unici sono pericolosi, come una delle teorie di Eric che diceva di non fidarsi di quelle che nascondono l'ora dell'ultimo accesso su whatsapp. Ho tirato fuori l'ipod, una versione vecchia, argentato e nero, che mi avevano regalato quando stavo al liceo. Lo inclinavo un po' perché trovassi l'angolo giusto in cui lei non vedesse bene tutte le canzoni ma riuscissi a vederle io, a sceglierne una che potesse piacerle. Volevo andare sul classico, avevo visto il suo profilo di facebook, anche se lei non lo sapeva, e ho messo un pezzo degli Ex-Otago, *Le cose da fare*, che mi sembrava adatto a noi in quel momento. Senti, le ho detto, secondo me potrebbe piacerti. *Fare le cose senza orgoglio, piantare un albero d'autunno, poi fare un tuffo molto alto tenendo aperti gli occhi sotto, fare il disegno di un tramonto, dare ragione a un bambino... sono le cose che potremmo fare, cose sacre, cose da tentare*, e intanto io la guardavo, lei sorrideva, la prima canzone l'avevo azzeccata. Poi Battiato che faceva una cover dei Rolling Stones, i Kings of Convenience, i The The, Stromae. Lascia questa, Stromae mi fa impazzire, poi questa è la mia preferita, mentre le fissavo le labbra, ogni tanto chiudeva gli occhi, sapeva tutte le parole o quasi, conosceva il francese. Sai cosa dice qui? *Tout le monde sait comment on fait des bébés, mais personne sait comment on fait des papas*, non la trovi bellissima? Questa parte mi piace troppo. Io credevo che si riferisse ancora alla canzone, ma parlava della metro, di quel vagone sotterraneo dentro cui mi ero dimenticato di stare, per qualche minuto. Un'altra cosa che avevamo in comune è che ci piaceva il tratto tra le fermate Lepanto e Flaminio, quando la metro, per qualche secondo, saliva su, in superficie, i vagoni cominciavano a schiarirsi, di giorno entrava una luce accecante, e si affacciava su Roma, si vedevano il cielo azzurro, chiarissimo, gli alberi, il Tevere, e poi tornava giù, nel buio, al piano di sotto. Sai che qui sul ponte c'erano dei disegni di Keith Haring? Poi non so quale sindaco li ha cancellati, le ho detto io. Lo amo, Keith Haring, ha risposto lei. Usciti dalla metro, ogni cosa mi faceva immaginare le cose che avremmo potuto fare insieme, come in quella canzone. Fuori noleggiavano delle vespe, e ci vedevo a ondeggiare sul lungotevere con il vento in faccia a cantare le canzoni di una playlist che avevamo creato noi, i negozi di alta moda dove un giorno, quando saremmo diventati ricchi, le avrei comprato tutto quello che voleva, le carrozze con i cavalli, io e lei, vestiti diversamente ma con gli stessi corpi, la stessa faccia, gli stessi occhi, che ci amavamo in un'altra epoca. Piazza di Spagna era piena di turisti che si facevano foto davanti alla scala, che quel giorno era piena di fiori di tutti i colori. Noi ci tenevamo per mano, facevamo lo slalom, camminando a casaccio, anche quello era l'amore, finire nelle foto degli altri perché non sai dove cammini. Passavamo tra quelli che facevano i ritratti, che sembrava di essere a Montmartre, quelli che schiacciavano dei fantasmini di gomma lanciandoli a terra, e parlavamo di tutto, dei nostri sport, avevamo fatto entrambi nuoto da bambini, per qualche anno, poi lei aveva smesso per provare la pallavolo, io per giocare a calcio e perché la sera, quando tornavo a casa dal nuoto, nonostante i miei occhialetti della speedo, mi bruciavano sempre gli occhi. Dei miei genitori che erano in pensione, dei miei fratelli che erano molto più grandi di me, la mia famiglia prima che arrivassi io aveva una certa simmetria, due maschi e due femmine, poi mia madre si era messa la spirale ma il dottore era anziano e non ci vedeva molto bene, e quindi era anche grazie a lui se in quel momento ero lì a parlare con lei. I suoi invece si erano separati quando lei era piccola, la madre aveva scoperto che il marito aveva una sorta di vita parallela e nonostante questo era disposta ad andare avanti, e allora l'aveva lasciata lui perché non ne poteva più. Le raccontavo di mio fratello che aveva un figlio di due anni, che ancora diceva poche parole e usava un linguaggio tutto suo, che capivano solo i genitori, e di mia sorella che sembrava un canguro. Perché mia sorella era incinta, in quel periodo, e aveva una pancia così grande che arrivava sempre prima di lei. Mi vibrava il cellulare, mi stava chiamando Eric, ho lasciato che smettesse e poi ho visto due messaggi, uno di mia madre che mi chiedeva se tornavo per cena e uno di Alessandra che mi aveva scritto Come stai? Silvia mi ha chiesto se avrei voluto dei figli, io le ho detto di sì, non so quando, ma in un futuro sì, almeno tre, e lei era rimasta un po' sorpresa, Tre?, mi aveva chiesto, Così tanti? Io non lo so se li voglio, sai? Sulle vetrine della Rinascente vedevamo foto di modelle che indossavano la collezione primavera/estate, Silvia diceva che le sarebbe piaciuto tanto avere le lentiggini come quella coi capelli rossi, che una sua amica se l'era fatte tatuare, ma che a lei sembrava una follia. Le ho scattato una foto in piazza Colonna, la nostra prima foto, con lei che sorrideva accanto a quelli che facevano le bolle di sapone giganti, sotto a un cielo chiaro e pieno di nuvole piccole, che viste così, tutte insieme, somigliavano a dei popcorn. Un'altra cosa che avevamo in comune era il pistacchio, solo che io il gelato non avevo ancora imparato a mangiarlo. Mangiavo la panna e mi cadeva il cioccolato, leccavo il cioccolato e spariva la panna, tornavo alla panna e gocciolava il pistacchio. La nostra prima volta? Io a quattordici anni con una mia compagna di classe, che era anche la mia prima ragazza e il mio primo amore, lei a diciassette con uno che aveva conosciuto a una festa e che non aveva rivisto mai più. E il tuo primo bacio?, mi ha chiesto ridendo e avvicinando le sue labbra alle mie. Il mio primo bacio, le ho detto tremando, il mio primo bacio, al mare, al Circeo, avevo otto anni. Precoce, mi ha detto lei, cambiando voce, sospirando, mentre io mi stavo eccitando e l'avrei fatto lì, al Pantheon, davanti a tutti. Poi ci siamo baciati, sentivo che le sue labbra erano calde e la sua lingua era fredda e sapeva di pistacchio e fragola, e ogni parte del mio corpo scoppiava. Poi una voce timida, sottile, ci ha interrotto, un signore voleva che io le regalassi una rosa. Voi bellissimi, voi ben assortiti, tutti e due magri, giovani, belli, con gli occhi innamorati, regala una rosa, una sola, mica due, voi felici insieme, lei dorme tranquilla, serena, sa che il suo cuore è come albergo, diceva, indicando me.

Hai presente *To Rome with love?*, avevo chiesto a Silvia. Sì, aveva detto lei, il film più brutto di Woody Allen. Forse hai ragione, però alcune cose secondo me si salvano, tipo quello che riesce a cantare solo sotto la doccia e allora per fargli fare i concerti portano la doccia sul palco o Benigni che si spoglia per strada quando si accorge che i paparazzi non lo seguono più. Sì, vabbè, però è comunque brutto, diceva lei. Ok, ma c'è una scena, non so se te la ricordi, in cui una donna dice al marito, che poi è Woody Allen, che la pensione per lui equivale alla morte, e lui risponde Sì, esatto. Ecco, per mio padre è più o meno la stessa cosa, le dicevo ridendo, mentre gesticolavo, prendevo a schiaffi l'aria, aumentavo il passo, la abbracciavo, la baciavo sulle guance, sul collo, ci guardavamo i piedi che indovinavano i sanpietrini e poi alzavamo lo sguardo e vedevamo le macchine nere NCC fermarsi davanti ai ristoranti in piazza del Popolo, l'obelisco al centro della piazza che si faceva più scuro e l'acqua delle fontane che si faceva più chiara, la doppia fila dei taxi davanti a Canova, mentre calava il sole e in cielo volavano girandole luminose e su Roma stava scendendo la sera. Suo padre, invece, diceva lei, era ancora giovane, abitava dalle parti Ponte Milvio, faceva il commercialista, era un tipo sportivo, andava a correre tutte le mattine, nuotava in una piscina al Foro Italico, giocava a tennis, secondo lei era ancora bello, somigliava ad Alain Delon nel suo periodo migliore, e a differenza di sua madre aveva avuto il coraggio di rischiare e cambiare vita più volte. Io la ascoltavo, immaginavo il padre come se fosse davvero Alain Delon, uno dei classici tipi di Ponte Milvio, sempre abbronzati, sempre in camicia, con i capelli lisci, forse tinti, con i jeans scuri e le new balance, e intanto pensavo a mia madre, al fatto che per lei l'attore più bello di sempre fosse proprio Alain Delon, che poi si era sposata con mio padre, che somigliava più a Marlon Brando, magari non nel suo periodo migliore, mio padre che da giovane era innamorato di Claudia Cardinale, che le aveva scritto una marea di lettere, che poi si era sposato con mia madre, che somigliava a Diane Keaton, nel suo periodo migliore. Pensavo a un mio compagno delle elementari che aveva tutto, o almeno io credevo che avesse tutto, i capelli perfetti e pettinati con il gel e con un ciuffo che cadeva ondulato sulla fronte e non si muoveva mai, l'orologio di Topolino che gli avevano regalato a Disneyland, le scarpe nuove ogni settimana, pulitissime, bianchissime, anche quelle americane che avevano le luci nella suola. Era generoso, mi regalava sempre qualcosa, e scambiava i suoi panini con la nutella con i miei flauti all'albicocca, che a me avevano fatto sempre schifo, mentre a lui piacevano. Quando mi aveva invitato a casa sua sembrava di entrare in un museo, che lui fosse la guida e io un turista qualunque, pronto a rimanere a bocca aperta. Questa è la mia collezione speciale di tartarughe ninja, questo è il game boy in versione trasparente, dentro si vedono gli

ingranaggi, fico, eh? Questo è l'album dei calciatori, sì, l'ho già finito, mio padre conosce uno che ci lavora e allora, sai... Quello è Emiglio, dopo gli chiediamo se ci porta la merenda, lì c'è il monopattino, dopo se ti va ti ci faccio fare un giro, ma se non ci sei mai andato devi stare attento, che a volte ti porta dove vuole lui, qui c'è qualche cartone, a me piace Bugs Bunny, l'hai mai visto *Space Jam*? No? Allora dopo se ti va ce lo vediamo insieme, io conosco le battute a memoria, e poi la playstation, la prima playstation, i joystick grigi con il filo nero, il rumore e quel rombo arancione quando si accendeva, e io tornavo a casa con gli occhi pieni di un mondo e di una vita dove avrei avuto tutto ed era impossibile annoiarsi, ma poi i miei, dopo che gli avevo tenuto il muso e gli avevo urlato contro perché non volevano portarmi a Disneyland, comprarmi il game boy, Emiglio, il monopattino e la playstation, mi avevano spiegato che quel mio compagno di classe, in fondo, non è che avesse proprio tutto, anzi, gli mancava la cosa più importante. I suoi genitori sono divorziati, mi aveva spiegato mia madre, e a volte, sai, per non sentirsi troppo in colpa si fanno regali su regali. Piano piano cominciavo a capire che i figli dei genitori divorziati avevano due case, due letti, due bagni, due spazzolini e soprattutto due vite, che erano più fragili degli altri perché era come se gli avessero tolto la terra sotto ai piedi. Silvia aveva usato subito la lingua senza darmi prima qualche bacio a stampo, nascondeva l'ora dell'ultimo accesso su whatsapp, era figlia unica, i suoi genitori erano divorziati, ma erano tutte coincidenze, non voleva certo dire che mi avrebbe fatto del male, che mi avrebbe fatto fare su e giù sull'altalena dei suoi umori, che mi avrebbe strappato via il cuore, che la nostra storia avrebbe fatto crollare la mia infanzia, i miei ricordi, tutto.
Al ritorno, nella metro, dondolavamo in piedi, toccandoci, come due bottiglie vicine durante un terremoto. Ci guardavamo tra

le mille braccia appese in su, cercando di tenerci in equilibrio. Ogni tanto approfittavo di quelle braccia, di quei corpi che ondulavano da una parte all'altra, per abbassare lo sguardo o fingere di abbassarlo, di guardare altrove, mentre ricalcavo nell'aria le sue caviglie bianche, le sue gambe dritte, le sue ginocchia appena accennate, il suo vestito che le stava un po' largo sui fianchi, che era fatto apposta per starle largo sui fianchi, il suo corpo, tutto da immaginare, come quando l'avrei trovata nuda, al risveglio, che ancora dormiva sotto le coperte, il suo collo stretto, le sue labbra che solo a guardarle sembrano sottili ma poi si fanno morbide e carnose non appena le baci, un piccolissimo neo sotto al naso, e gli occhi, scuri ma chiari, che quel giorno erano luminosi, nascondevano dei piccoli lampioni che mi facevano sentire speciale, che mi facevano pensare a cose stupide come Sì, eccoci qui, finalmente, era ora che toccasse anche a me o tipo Ecco, adesso ho capito a cosa serve il cuore. Eravamo due bambini, io e lei, in quel momento, appena saliti sulle montagne russe, che ancora erano ferme, erano passati a controllarci più volte per vedere se eravamo legati bene, se stavamo al sicuro, mentre noi ci guardavamo ridendo, felici, pronti a partire. Giocavamo a cosa ti piace di più, a preferisci questo o quello, per trovare le cose in comune, come se noi fossimo i primi a innamorarci nella storia del mondo. Coca-cola o pepsi?, chiedevo io, e lei dr pepper. Ma se devi scegliere? Allora coca-cola. Poi io big mac e lei crispy mcbacon, io caffè dolce e lei amaro, io srotolavo le haribo e lei le mangiava così, intere, come fossero caramelle qualunque. Entrambi amavamo i Beatles, entrambi guardavamo film doppiati, ridendo di quelli che dicevano che se leggevi i sottotitoli ti perdevi il film, è impossibile fare le due cose insieme nello stesso momento. Il suo preferito era *Léon*, il mio *Qualcuno volò sul nido del cuculo*. Entrambi preferivamo il mare alla montagna, lei perché la montagna le metteva ansia, il padre di una sua amica era morto mentre scalava e l'ultima volta che ci era andata aveva passato una notte quasi in bianco, in preda agli incubi, e se ne era andata, io perché in montagna mi annoiavo e poi un po' ce l'avevo ancora con quelli che a scuola andavano in settimana bianca e lasciavano la classe semideserta e i professori interrogavano noi che eravamo rimasti. Poi di nuovo a Ottaviano, a camminare in una delle poche vie di Roma dove passavano solamente i tram, baciarci prima di girare per la via di casa, ancora la sua lingua, ancora le sue labbra che diventavano morbide, noi uniti, stretti, a strofinarci, davanti a un negozio da cui usciva un forte odore di caffè. Tenerci per mano, sentire le nostre dita che si intrecciavano e poi si lasciavano, ma non volevano lasciarsi, saremmo rimasti lì per sempre, per tutta la vita, per capire che in fondo c'è davvero qualcosa di bello e di buono in questo mondo. Ma si era fatta l'ora di cena, quasi, dovevamo tornare a casa, ci siamo guardati, ancora una volta, ci siamo sorrisi, sapendo che c'era un'altra cosa che avevamo in comune, potevamo guardarci dalla finestra.

8

Mi è bastato un Ciao appena entrato in casa per capire che i miei avevano discusso. Il ciao di mia madre era un ciao allegro, squillante, che proveniva dalla cucina e arrivava fino al salone, fino alle orecchie di mio padre che era già a tavola, a fare zapping aspettando di mangiare. Il ciao di mio padre era basso, sussurrato, e continuava a guardare la tv mentre lo diceva. Cambiava canale in modo frenetico, quasi meccanico, non faceva neanche in tempo a vedere le immagini prendere forma, a leggere il nome del programma, che aveva già premuto il tasto per andare avanti. Avete litigato?, le ho chiesto. Una sciocchezza, diceva lei, buttando la pasta dentro l'acqua che stava bollendo, tuo padre dice che gli rispondo sempre male, che tutti noi gli rispondiamo sempre male. Intanto sbuffava e mi diceva che mancavano ancora dieci minuti alla cena, che avevamo tempo per fumarci una sigaretta. Quante volte l'avevo vista fare quella faccia, mia madre, quella faccia che conservava dentro di sé e che tirava fuori solamente per mio padre, in genere quando litigavano, ma soprattutto quando lui faceva la vittima, quando si faceva prendere da quello che lei chiamava vittimismo cosmico, che in fondo era un sentimento comune, diffuso. Quand'ero piccolo, mia madre, oltre a tirar fuori quella faccia, mi diceva Guarda tu se un giorno di questi non me ne vado in Patagonia, eh!, e io avevo paura, le dicevo No, non andare in Patagonia, anche se non sapevo cosa o dove fosse la Patagonia. L'ho scoperto più tardi, all'università, in un esame sulla narrativa di viaggio, tra Wallace in crociera e Thompson che parlava del jet set e del gioco d'azzardo a Las Vegas e Kapuscinski che diceva che alla fine più si viaggia e si conosce il mondo e più ci rendiamo conto di quanto sia impossibile conoscerlo davvero. E tra questi c'era anche Chatwin che parlava di quel posto in cui ogni tanto voleva scappare mia madre, ai confini del mondo, con le nuvole d'argento e il mare grigioverde e il cielo e la terra che diventavano tutt'uno, e diceva che quando si parte lo si fa per cambiare vita, almeno per un po', per inventarsi delle nuove abitudini, si parte sempre per andare lontano da. Ed era proprio quello a farmi paura, non che mia madre fuggisse lontano da casa, da mio padre, dai miei fratelli, dagli amici, da Roma, ma che fuggisse lontano da me. C'era un silenzio così forte a cena che si potevano sentire le nostre bocche che masticavano, il rumore delle posate che sfioravano o rigavano i piatti, l'acqua e il vino quando venivano versati. Mia madre era l'unica che non voleva darla vinta al silenzio e ogni tanto cercava di inventarsi una domanda, di aprire un discorso, ma mio padre continuava a mangiare a testa bassa e io le sorridevo o annuivo o le davo delle risposte telegrafiche. Allora mio padre ha acceso la tv, di nuovo, l'aveva lasciata spenta per una decina di minuti, ha cominciato a cercare un film su on demand, nella sezione "ultimi arrivi", poi "prima fila", "azione", "cult", e lì aveva scelto un film dopo aver letto solo l'inizio della trama, un ragazzino di dodici anni che vive con la sorella sbandata e senza lavoro, senza genitori, che per vivere vende sci e occhiali rubati, "finché un colpo di scena..." La trama si fermava lì, con i puntini di sospensione, cioè si poteva continuare a leggere ma forse a mio padre era bastato quello per convincersi. Poi le prime scene, un luogo di montagna, il ragazzino nascosto in bagno che controlla le cose che ha appena rubato, la sorella che scende arrabbiata da una macchina gialla dove c'è un uomo al volante e lei che gli dice Sparisci, non farti più vedere, la sorella che era Léa Seydoux e che io avevo già visto in *Midnight in Paris*, anche lì era bionda, vendeva dischi in un mercatino e poi nel finale cammina con Owen Wilson sotto la pioggia e mi sa che poi starà con lui per tutta la vita. Che bella, pensavo, con quegli occhi piccoli e azzurri e quelle occhiaie, anche se è bionda e a me le bionde non piacciono, però che bella. In fondo un film ci voleva, ci voleva qualcuno che parlasse per noi, se no avrei continuato a guardarmi intorno per tutta la cena, le solite cose che conosco a memoria, che ritroverei anche al buio con gli occhi chiusi, il mobile con i piatti e i bicchieri buoni per i giorni di festa, la natura morta sopra la tv, la poltrona con le pieghe, che ormai ha preso la forma di mio padre che gioca a scopa sull'iphone, la libreria che nasconde tutta la parete dietro al divano. Mio padre, come sempre negli ultimi anni, ha cominciato a chiedermi cosa dicessero i personaggi, nonostante continuasse ad alzare il volume. Che ha detto?, chiedeva lui. Ho bevuto, Simon, rispondevo io. Mi scappava...?, chiedeva lui. Mi scappava da morire, rispondevo io. Che ha detto? Se ne fregano lassù, ne comprano subito un altro. Non? Non sto via molto. E così via, fino a che mio padre non mi ha visto sbuffare e alzare gli occhi al cielo e mi ha chiesto Ti dà fastidio rispondermi? Dai, tra una trentina d'anni potrai vedere i film in santa pace. Ma no, che c'entra?, avevo risposto io, Però, ecco, dopo un po'... e poi perché devi fare sempre la vittima? Lì avevo sbagliato, in un attimo eravamo usciti dal film, che era durato davvero poco, non si parlava più di quella modalità doppiaggio un po' in ritardo, che a pensarci bene era una cosa speciale, tutta per noi, che io non ero mai riuscito a capire, ed eravamo passati a una sorta di psicanalisi con tanto di accuse. Cosa? Da chi l'hai sentita questa? Te l'ha detto tua madre? Ripeti le cose che ti dice lei? Aveva gli occhi pieni di rabbia, muoveva le labbra, quasi tremava, e chissà da quanto tempo che se le teneva dentro tutte quelle cose. No, ho risposto io, sono cose che penso, sei tu l'unico ad avercela con te, noi non c'entriamo nulla. Non aveva più la forza di un tempo per urlare, per urlarci addosso, prendere a pugni la tavola e far ballare i bicchieri. Mi ha guardato con disprezzo, accennando un mezzo sorriso, come a dire Bravo, che uomo che sei diventato, davvero, poi si è alzato e se n'è andato nella sua stanza. Come se si fossero rovesciati i ruoli, erano i genitori adesso ad alzarsi da tavola e a mettersi in castigo da soli. Il film era rimasto a metà, come la cena, i piatti erano diventati freddi, io e mia madre avevamo perso la voglia di mangiare, e anche quella di parlare, per una volta. Guardavo la tavola, le gocce di cera che colavano dalla candela, la tovaglia blu leggermente macchiata, le presine per le pentole una sopra l'altra, i bicchieri semivuoti, il sale dentro quei due omini di porcellana che si abbracciavano e che avevamo preso a Ginevra, nell'ultimo viaggio che avevamo fatto tutti e cinque insieme. Pensavo a una cosa che mi aveva detto la mamma di Eric, alle quattro cose che rovinano le relazioni, diceva di averla letta da qualche parte, che si trattava di una studio fatto in qualche università americana. Le critiche, diceva lei, alzando il pollice e cominciando a contare, sai, cominciare a giudicare chi sta insieme a te, poi il disprezzo, tipo fare battute anche cattive, l'ostruzionismo, che sarebbe come quando si fa di tutto per non migliorare le cose, e lo stare sulla difensiva. E io guardavo i miei, in quel momento, o almeno ci pensavo, visto che a tavola era rimasta solo mia madre, e mi dicevo che stavano pari, due a due, che forse era proprio quello il segreto per cui erano rimasti insieme tutti quegli anni. Io e mia madre abbiamo sparecchiato senza dirci nulla, era tornato il silenzio della cena, però con nuovi rumori, quello delle posate che strofinavano via il cibo che poi finiva nel secchio, l'acqua del rubinetto che bagnava quella piccola montagna di piatti, i piani della lavastoviglie che venivano riempiti rapidamente. Io mi sentivo in colpa, ma non per aver risposto male a mio padre, per non averlo capito, ma perché pensavo ad altro. Pensavo Chissà i prossimi giorni, che clima che ci sarà a casa, con mia madre che parla solo con me e non con mio padre, io che parlo solo con lei e non con mio padre, mio padre che non parla né con me né con mia madre. Pensavo alla smartbox, che di lì a pochi giorni sarebbe scaduta, un altro regalo inutile, e io che credevo che avrei avuto casa libera, tutta per me e per Silvia. Pensavo Oddio, adesso che hanno litigato mia madre dormirà sul divano e io dovrò fare pianissimo, non potrò vedermi neanche un film o quello che trovo per caso in tv. E invece poi mi ricordo che è successo tutto molto in fretta, mia madre è andata nella sua stanza, a dormire con mio padre. Ho sempre immaginato come fosse difficile dormire insieme, in momenti del genere. Io mi sono addormentato sul divano e mi sono risvegliato in piena notte davanti a un film che era appena iniziato, un altro film con Léa Seydoux che stavolta però non era più bionda, ma aveva i capelli blu. Nel film c'era lei che s'innamora di una ragazza mentre attraversa la strada, le due si guardano e poi si ritrovano in un locale, solo che l'altra ragazza, più giovane, timida, un po' impaurita, deve ancora scoprire la propria sessualità. La ragazza che ha una storia con Léa io non l'avevo mai vista prima e mi ero accorto che mangiava e faceva sesso nello stesso modo, voracemente, e mi ricordo che la cosa un po' mi eccitava. Sarà che era castana, che più cercava di spettinarsi più era bella, ma mi eccitava proprio il modo in cui mangiava a bocca aperta fregandosene di fare rumore. Avevo cercato su google chi fosse e avevo scoperto che si chiamava Adele, sia in quel film che nella realtà. E nel film c'erano delle scene di sesso che duravano molto, tipo sette otto minuti, alternate ad altre scene in cui lei e Léa si mangiavano di tutto. Mangiava a bocca aperta e poi baciava tutto il corpo di Léa, le metteva la testa in mezzo alle gambe, con la stessa voracità. E durante una di quelle tante scene di sesso, mentre io me ne stavo quasi sdraiato sul divano in una sorta di delirio ormonale, mi sono accorto che in salone c'era anche mio padre. E io, come diceva qualcuno, l'avevo riconosciuto dal silenzio. Come quando uno sente addosso delle piccole folate di vento e non capisce il perché, da dove provengano, e poi si ricorda di aver lasciato la finestra aperta. E mio padre se ne stava lì, come una piccola folata di vento, che moriva dalla voglia di parlare con me. Ma in questo film scopano e basta?, mi aveva chiesto lui. Quasi, gli avevo risposto io. Gli avevo anche confessato che mi piaceva l'attrice castana, quella più giovane, che con quei denti all'infuori sembrava un coniglio triste, e che almeno lei aveva il coraggio di esserlo, un coniglio triste, perché non si vergognava di sentirsi confusa dalla sua adolescenza. Secondo me, aveva detto mio padre, la stai facendo un po' troppo filosofica. Domattina vieni a fare colazione con tuo padre?, mi aveva chiesto poi. Sì, avevo risposto.

9

Se esistesse un mondo parallelo in cui ci sono le parole che non riusciamo a dire, io e mio padre lì staremmo dalla mattina alla sera a parlare, lui che mi racconta di com'è stata la sua infanzia, di com'era il mondo quando c'erano ancora i suoi genitori, di quando ha visto mia madre per la prima volta, se la banca era il posto in cui sognava di lavorare da grande, di com'è stato il passaggio dal tutto al niente, dal lavoro alla pensione, di quando ha smesso di disegnare e se ogni tanto ancora ci pensa, se mia madre lo rende ancora felice, se desidera altre donne, e io che gli racconto di com'è andata a scuola, della mia prima volta, di come il mondo poi appare sotto una luce diversa, sembra che tutto sia possibile, di com'è facile confondere una cottarella con l'amore e le fitte intercostali con un attacco di cuore, dei miei sogni ricorrenti, dei miei incubi, di come mi abbia sempre fatto paura cominciare qualcosa, del futuro che mi è sempre sembrato una leggenda, un'idea degli altri, una di quelle voci di corridoio che senti così tante volte che finisci quasi per crederci. La mattina della colazione, la mattina in cui a pensarci bene è cominciato tutto, mi ero svegliato con i capelli per aria e gli occhi pieni di sogni bagnati. Avevo imparato cosa fossero i sogni bagnati a un corso sulla letteratura postcoloniale, quando il prof ci aveva chiesto di scegliere dei brani tra quelli che ci aveva dato da leggere a casa, per poi leggerli in aula davanti a tutti, ed Eric, Marco e Vins avevano scelto lo stesso brano, di uno scrittore libico, mi pare, che parlava appunto di sogni bagnati. Si erano messi tutti a ridere, compreso il prof, che poi aveva chiesto a tutti, guardandoci negli occhi, Secondo voi, cosa intende per "sogni bagnati"? Ma nessuno di noi aveva avuto il coraggio di rispondere. Comunque quella mattina mi sentivo più riposato del solito, come se avessi dormito per un giorno intero, e nei miei sogni bagnati mentre mi lavavo i denti con lo spazzolino elettrico, facendo quei movimenti circolari per ogni dente, proprio come mi aveva detto il dentista, mettevo a fuoco dietro di me, nello specchio, e vedevo Silvia nella vasca che mi guardava mentre un'altra le leccava il collo e poi le orecchie e poi la faccia e le faceva colare la schiuma acquosa sui capelli. Io, non so perché, continuavo a lavarmi i denti, dicendo Non posso lasciare tutto a metà, domani ho la pulizia, poi se ne accorge, mi ha detto anche che ho i denti da fumatore. Silvia, poi, infilava il braccio dentro l'acqua, e l'altra ragazza si agitava, allagando tutto intorno alla vasca, tanto che l'acqua era arrivata a toccarmi i piedi, visto che ero anche scalzo. Poi, proprio quando avevo finito, dopo essermi sciacquato, riguardato bene i denti allo specchio, che mi sembravano bianchissimi, mentre andavo verso di loro, che la vasca si era fatta più grande, si erano cominciati a sentire dei colpi di tosse fortissimi davanti alla porta del bagno. Erano colpi di tosse maschili, profondi, che risuonavano in tutta la casa, e io guardavo la porta, mi chiedevo chi fosse, se l'avessimo svegliato, se volesse entrare in bagno. Quei colpi di tosse aumentavano sempre di più, credevo quasi che potessero buttar giù la porta. Poi invece no, ho aperto gli occhi e mi sono ritrovato nel letto, a pancia in giù, e mi sono accorto di essere vivo, di essere sveglio, di avere il corpo tutto un po' su di giri, che non c'erano vasche così grandi, neanche vasche piccole con dentro Silvia, che l'unica cosa vera di quel sogno erano quei colpi di tosse maschili, profondi, che risuonavano in tutta la casa.

I colpi di tosse di mio padre che si era svegliato, che forse voleva svegliare anche me, anche solo per dirmi che lui era già sveglio, che quello era un nuovo giorno e lui c'era ancora, che quella mattina potevamo ricominciare tutto da capo e riprenderci da dove ci eravamo lasciati.

Quella mattina mia madre l'ho trovata che trafficava in cucina, aveva un'aria distesa. Aveva l'aria di chi improvvisamente non ha più tre figli, ma due, io e mio padre, e mi sorrideva come per dirmi che era felice che avessimo fatto pace e che facessimo colazione insieme, che era anche da queste piccole cose che si capiva che stavamo crescendo. Fino a quando siamo entrati in macchina mio padre si era specchiato ovunque, nel suo bagno, nel mio, in anticamera, in ascensore, mettendosi i capelli da una parte con la mano, come avesse un pettine immaginario, facendosi la riga come nelle foto di quand'era giovane, quella riga che nel tempo si era fatta più corta e aveva lasciato spazio alle tempie, alla sua fronte da pensatore. In ascensore ci guardavamo attraverso gli occhiali da sole, lo specchio grande ci faceva da cornice, sembravamo un quadro in movimento. Lui rideva, e dentro quel sorriso c'era un po' di tutto Ti voglio bene, mi sei mancato, mi manchi, prima o poi passerà questo imbarazzo, questo disagio, come se io e te fossimo due estranei, prima o poi saprò cosa dirti e saprò anche come, te lo prometto. Ma sorridevo anch'io perché in fondo, per specchiarci, ritrovarci, riconoscerci, non avevamo bisogno di nessuno specchio, bastava che ci guardassimo. Gli occhi erano gli stessi, nella forma e nel colore, marrone scuro, anche se il suo sembrava leggermente sbiadito, come una scrivania di legno dove comincia a depositarsi la polvere. Anche il naso e le labbra erano uguali, anche la fronte, la sua era un po' più alta e aveva qualche ruga in più, le sue guance non erano più scavate, nel tempo la pelle si era fatta più morbida, molle, i miei capelli erano biondo cenere, i suoi quasi tutti bianchi. Eravamo la stessa persona, ma era come se avessimo addosso una maschera, come se recitassimo una parte, il giovane e il vecchio, la commedia dell'arte di un padre e di un figlio, di due, distanti negli anni, che faticavano a capirsi. Un giorno, mio fratello mi aveva parlato di un artista che oltre a rifare le hit estive con degli strumenti musicali che aveva inventato lui e fare autoritratti mettendo insieme giocattoli e pupazzi e farsi crescere le unghie per scrivere e disegnare anche con quelle per poi tagliarle e regalarle a un'amica che ci si era fatta una collana, ecco, per sette anni si era fatto uno strano trattamento della pelle e si era ingrassato e si era bruciato i capelli mettendoci sopra delle creme strane, il tutto per invecchiarsi e cercare di somigliare a suo padre. E forse, se avessi fatto anch'io come quell'artista, pensavo, mi ci sarebbero voluti meno di sette anni per diventare come il mio, di padre. Sarebbe stato da fotografarci, quella mattina, da mettere due foto una accanto all'altra, da scrivere "infanzia" sotto la prima e "oggi" sotto la seconda, trova le differenze. Nella prima guida mio padre, con gli occhiali da sole e qualche capello in più, e di me si vedono solo i capelli, biondissimi, che sembrano venir giù lisci, pronti a formare un caschetto. Dal vetro lui vede la strada, io vedo il cielo, qualche albero, i pali della luce, i semafori che cambiano colore. Entrambi ci accorgiamo che la cintura mi sta larga, che mi starà larga ancora per un po', questa cosa lo fa ridere, e anche a me, o forse rido perché ride lui e quindi mi sembra giusto ridere, e tutte le volte che frena mio padre allunga braccio per paura che io vada troppo in avanti. Intanto lo guardo mentre fuma, mentre guida, e lo imito, muovendo un piccolo volante immaginario con una sola mano. In macchina ha un cd, forse più di uno, forse una compilation, perché si sentono Battiato, i Pink Floyd, De Gregori, Bruce Springsteen, gli U2, Battisti, i Beatles, i Rolling Stones, Zucchero, tutti insieme, uno dopo l'altro. Io le conosco quasi tutte, ormai, e mi muovo, le ballo, vado a ritmo e mio padre ride ancora, e mi dice Ti piace, eh, hai buon gusto. Scendiamo, anzi, scende prima lui e aspetto che venga ad aprirmi. Mi tiene per mano, ci sediamo nel solito bar con i tavolini fuori, esce il cameriere, che ci riconosce, sa già cosa portarci, per lui caffè e per me tramezzino e succo di frutta alla pesca, se non c'è alla pesca all'albicocca, tanto sono simili. Non so di cosa parliamo, se parliamo, ma io sto bene, lui sta bene, siamo felici. Nella seconda foto, dove c'è scritto "oggi", quasi vent'anni dopo, quindi, io e mio padre ci siamo scambiati di posto. Non vedeva l'ora che accadesse, almeno così pare, io ho gli stessi occhiali da sole che lui portava nella prima foto, ray-ban neri wayfarer, lui invece li ha cambiati, adesso ha dei persol marroni con le lenti un po' ambrate. Ha abbassato tutto il finestrino per appoggiare il braccio, ogni tanto si affaccia, respira, sente il vento che gli accarezza il viso, guarda su nel cielo e si ferma, sembra quasi che voglia prendere il sole. Mi fa un gesto con la mano, come per dire rallenta, Che fretta c'è?, mi dice, nessuno ci corre dietro. Prende il cellulare, chiama mia madre, le dice Ohiii, perché sì, ogni tanto la chiama così, Ohiii, con amore, Qui tutto bene, io e il principino siamo in macchina, c'è un po' di traffico, comunque mi rilasso come un vero signore. La chiama anche se l'ha salutata dieci minuti prima, io pensavo che la chiamasse perché non sapeva cosa fare o cosa dire, in macchina con me, invece no, la chiama perché ha proprio bisogno di sentirla. Poi mette giù e comincia a smanettare con il telefono, Ma perché?, mi chiede, perché se due devono scriversi tra loro si scrivono nel gruppo di whatsapp, ma scrivetevi tra voi, no? Che ne so, chiamatevi. Sì, in effetti non ha molto senso, rispondo io, però magari è un po' come succede dal vivo, che due parlano in un gruppo e gli altri stanno lì ad ascoltarli, è comunque un modo per stare tutti insieme. Poi rimette il telefono in tasca e guarda fuori, vede una ragazza che cammina a passo svelto sul marciapiede per raggiungere l'autobus, mio padre si gira verso di me, solleva gli occhiali e le sopracciglia per dirmi Ma l'hai vista? Io sorrido e annuisco. Questo è il tuo momento, mi dice, per me invece occhi pieni e mani vuote. Io sorrido ancora, mi piace quando pesca queste frasi da chissà dove per raccontare le cose, anche se certe volte non riesco a credergli del tutto. C'è qualcuna che ti piace?, mi chiede. Forse una c'è, gli rispondo io, ci siamo conosciuti all'università, si chiama Silvia, pensa che abita di fronte a noi. E tu le piaci?, mi chiede lui. Sì, gli dico io, credo di sì. L'importante è questo, risponde lui. Comincia a guardarsi intorno, cerca qualche indizio, sotto lo stereo trova due biglietti del parcheggio scaduti chissà quanto tempo fa, lo scontrino di una libreria e la plastica di un pacchetto di sigarette, forse, poi nota un po' di polvere sul cruscotto e mi chiede da quant'è che non lavo la macchina. Io gli rispondo che non lo so, che non ricordo l'ultima volta che l'ho lavata, ma che pensavo di farlo, solo che ogni volta che lo faccio poi il giorno dopo piove, sembra quasi che Roma mi faccia i dispetti. Questi chi sono?, mi chiede. I Cani, un gruppo romano, sono bravi. Lui agita la mano, come a dire Eeeh!, e poi mi dice Eppure mi sembra di averti fatto ascoltare buona musica quand'eri piccolo, la vera musica. Adesso mi guardo intorno anch'io, sono convinto che da qualche parte devo avere un disco dei Beatles, un greatest hits o una cosa del genere. Quando fa così non lo sopporto, sembra che a lui vada bene solo quello che è passato, della serie quella sì che era musica, quello sì che era cinema, quella sì che era letteratura, ci dev'essere stato un anno, una sorta di punto di non ritorno, per lui, in cui il mondo si è fermato e ha smesso di avere senso. Eccolo, finalmente l'ho trovato, un doppio cd che raccoglie il meglio delle canzoni dei Beatles dal '67 al '70, rimasterizzate, in copertina ci sono loro affacciati al balcone vestiti un po' british e un po' da hippie. *Let me take you down 'cause i'm going to Strawberry Fields*, cantano loro, e mio padre si emoziona, dice Oooh! Allora te la ricordi ancora la buona musica, pensa che quando è uscita questa canzone io avevo vent'anni, John Lennon ha cominciato a scriverla in Spagna mentre stava girando un film. A volte, mi dice, ti guardo e ho l'immagine di te piccolo con il caschetto biondo che ti aggiri per casa, che d'estate corri sul terrazzo con i ragnetti, d'inverno con quei maglioni peruviani e la calzamaglia... Ti ricordi quando tornavo dal lavoro e tu mi correvi incontro e cercavi le mie mani sperando che ti avessi fatto una sorpresa?, mi chiede, Ti ricordi quando pensavi che il benzinaio fosse l'uomo più ricco del mondo? Comunque tu eri più sveglio dei tuoi fratelli, non ci facevi arrabbiare quasi mai, ti bastava uno sguardo per capire quand'era il momento di smettere... Quella mattina, poi, abbiamo trovato parcheggio proprio davanti al bar e io mi ricordo di aver pensato che dipendesse da noi, da quella colazione, che la fortuna fosse dalla nostra parte che ci stavamo riavvicinando dopo tanto tempo, e secondo me lo pensava un po' anche lui. Il bar era lo stesso, o almeno si trovava nello stesso punto di quello in cui mi portava quand'ero piccolo. Era cambiata la gestione, erano cambiati i camerieri, le mura interne, adesso bianche con le scritte nere in stampatello e qualche lavagna per il menù del giorno, come fossimo in America. Anche la banca, una di quelle che gestiva lui, era ancora là, di fronte al bar, e mio padre la guardava e chissà quante cose gli passavano davanti agli occhi, chissà se un po' lo rimpiangeva quel periodo oppure no, magari era felice di potersene stare finalmente seduto a prendere un caffè con me dall'altra parte della strada. Buongiorno signori, cosa vi porto?, Io avevo ordinato un cappuccino e mio padre un caffè, e ci siamo anche divisi un cornetto integrale con il miele.

In una via lì vicino c'era ancora il liceo Dante, e noi stavamo facendo colazione insieme a quelli che entravano alla seconda ora. Mio padre si è accorto che ogni tanto mi veniva da ridere e mi chiedeva il perché e io gli dicevo che sentivo i discorsi che faceva una ragazza che era seduta in un tavolo vicino a noi e lui mi ha detto che quella era una cosa che facevamo solo io e mia madre, che lui i discorsi degli altri non li aveva mai ascoltati, che era sempre riuscito a isolarsi. Questi chi sono?, mi ha chiesto, vedendo un gruppo di ragazzi in divisa, i maschi con il golf e la camicia azzurra e i pantaloni beige e le ragazze con la gonna blu e la camicia bianca. Sono quelli che vanno al Nazareth, ho risposto io, sai la scuola cattolica che sta qui vicino? Intanto la ragazza di quel tavolo continuava a parlare e io mi chiedevo come facesse mio padre a non sentirla. Meno male che hanno messo religione alla prima ora, diceva, vuoi mettere con questo? Aveva dei capelli biondissimi, naturali, una pelle di un colore rosa particolare, un rosa che avevano solo le ragazze di Prati, un maglione grigio leggero che le metteva in risalto il seno, sembrava fosse stato cucito apposta per lei, e sul tavolo aveva messo il dizionario di greco su cui aveva poggiato il caffè e il posacenere. Adoro!, diceva lei, adoro!, quando ha visto che il cameriere le ha portato un bicchiere d'acqua senza che lei glielo chiedesse. Il cameriere avrà avuto più o meno la sua età e sembrava che volesse morirle addosso tutte le volte che lei gli faceva gli occhi dolci. Mio padre guardava verso la chiesa valdese che dava su piazza Cavour e lontano nel cielo si vedevano dei nuvoloni grigi, allora ha preso subito l'iphone per controllare il meteo e mi ha detto che gli dava pioggia a Roma per tutto il pomeriggio. Era una cosa che faceva sempre, quella di controllare il meteo da tutte le parti, gli piaceva confrontare le previsioni di Sky con quelle dell'app e quelle del meteo.it per scegliere poi chi avesse ragione, non gli bastava più guardare il cielo la sera o aprire la finestra al risveglio. Roma è così grande che in alcune zone piove e in altre c'è il sole, mi ha detto. Una signora, poi, veniva verso di noi sorridendo, ha abbassato gli occhiali sul naso e aveva due occhi azzurri che brillavano al sole. Ha poggiato una mano sulla spalla di mio padre, l'ha quasi accarezzata, lui l'ha guardata e ci ha messo un po' a riconoscerla. Era una sua ex collega che aveva lavorato con lui in una sede dalle parti dell'Eur, mi pare. Non capivo bene di cosa parlassero, conoscevano un linguaggio tutto loro, lei si lamentava perché le mancavano ancora tanti anni per andare in pensione e lui le faceva i complimenti e la toccava dicendole che era bello averla ritrovata così, per caso. Questo è il piccolo di casa?, ha chiesto lei, guardandomi, Me lo ricordo quand'era alto così, era bellissimo, rideva sempre, adesso che fa? E lì mio padre ha cominciato a dire che facevo Lettere e che avevo la passione per i libri, ma rimaneva sempre sul vago e io un po' ci ero rimasto male, sembrava che parlasse di un estraneo, che mi avesse appena conosciuto. Prima di andare via ha detto a mio padre cose come Ti chiamo, organizziamo una cena, mi ha fatto piacere rivederti, la banca non è stata più la stessa dopo che te ne sei andato, poi si è girata verso di me e mi ha detto Tuo padre è un grande. Quando si è seduto poi siamo rimasti in silenzio per un po'. Ce l'avevo con lui, forse, ma non capivo perché. Guardava il cielo, poi il cellulare, e intanto fumava, e guardandolo così, che cercava di sorridere, avvolto in una nuvola di fumo, capivo perché il figlio di mio fratello lo chiamava "Bucaiffo", come quello di Alice, perdendosi una 'r' e una 'l' nell'aria. Poi per una volta l'ha rotto lui, il silenzio, e mi ha chiesto come andassero gli esami e quanti me ne mancassero prima della làurea. Bene bene, gli ho detto, me ne mancano pochi, cinque o sei. E poi che farai?, mi ha chiesto. Poi boh, forse provo il dottorato, se non riesco qui magari vado a Londra, a Parigi, in

America... Ma dove vai?, ha risposto lui, Qui hai tutto, non ti manca niente. Anche lì mi aveva fatto arrabbiare, solo lui, non so bene come, era in grado di sminuire qualsiasi cosa gli dicessi. Che poi certe cose ti confondono, ti rubano i sogni quando sei distratto e li mescolano con quelli degli altri, e quindi per colpa di quei momenti lì poi mi veniva da chiedermi se andare via, cambiare città, persone, abitudini, aria, luci, colori, universo, vita, fosse una cosa che volevo io per me, solo per me, o se invece era per dimostrare a quelli come mio padre che avrei avuto il coraggio di farlo. Anche se aveva gli occhiali da sole, ho notato che guardava verso di me, sì, ma non stava guardando me, intuivo che ci fosse qualcosa che lo attirava di più alle mie spalle. Sentivo dei passi, dei tacchi non troppo pesanti che andavano a ritmo, e quel suono si faceva piano piano più nitido, piano piano più chiaro. Mio padre, però, non si è tolto gli occhiali, ha alzato solo le sopracciglia, sussurrando una cosa, forse una parola inventata. Io non volevo girarmi, dare troppo nell'occhio, quindi ho aspettato che mi passasse accanto, seguendola e immaginandola dietro alle lenti ambrate di mio padre. Poi è arrivata, è entrata nella coda dell'occhio, io fingevo di guardare di lato, di guardare la banca dall'altra parte della strada, volevo cominciare a farmi un'idea, a immaginarla senza metterla subito a fuoco. Un maglioncino color crema con mille righine scure orizzontali, una gonna nera, le calze grigie, le scarpe nere con un tacco non troppo alto e un cappello da pittrice. Non poteva essere una del Nazareth, ma se quella fosse stata una divisa l'avrei vista come la divisa di una ragazza che ovunque si trovi, se la guardi passare così per strada, sembra francese. Ci è passata accanto, ha guardato mio padre, che sembrava che la guardasse da una vita, anche se ancora non si era tolto gli occhiali da sole, e poi ha guardato me, e quando mi ha guardato ha fatto la tipica mossa di chi guarda e poi si gira, ci mette qualche secondo per accorgersi di quello che ha appena visto, e poi si rigira e si ferma e si lascia andare ai Non ci voglio credere! Anche tu qui! Proprio oggi parlavo di te, guarda che la vita a volte è davvero assurda! E sì, in effetti, a pensarci bene adesso, la vita a volte è davvero assurda, ti sorprende, ti prende il cuore, ci lega uno spago e lo fa andare su e giù come uno yo-yo, dalla bocca dello stomaco alla gola, e ti dimentichi chi sei, come ti chiami, quanti anni hai, com'è stata la tua infanzia, la tua adolescenza, come sei arrivato fin qui, e le orecchie ti si riempiono di ovatta, è come un vuoto d'aria in aereo, come un tuffo a candela in una piscina profondissima. I colori diventano più accesi, le persone intorno a te si muovono al rallentatore, manca solo la musica, ma se poi ci fai caso e ascolti bene ti rendi conto che la musica in fondo c'è. Dopo qualche giorno, forse, ti renderai davvero conto di quello che è successo, che quella ragazza con il cappello da pittrice ti ha detto Non ci voglio credere! Anche tu qui!, o forse è solo quello che hai voluto sentire tu, che sicuramente però ha parlato del gelato, dicendo che in quel bar dove io e mio padre stavamo facendo colazione facevano buono il gelato alla frutta, che poi si è seduta, ha cominciato a parlare con mio padre, a ridere, a dire Sì, sono un'amica di Giulio, un'amica speciale, anche se forse speciale non l'ha mai detto davvero. Lei, sì, proprio lei, con cui il giorno prima avevo ascoltato Stromae nella metro, una cuffietta per uno, che mi aveva parlato di lei, di quelle cose che forse non raccontava quasi mai a nessuno, che mi aveva dato un bacio al sapore di pistacchio e fragola. Mio padre non fumava più immobile come un Brucaliffo, si era anche tolto gli occhiali da sole, rideva, e sembrava quasi che avesse vent'anni.

10

Una sera, una delle prime sere che io e Silvia siamo usciti insieme, c'era la notte dei musei. Quando si esce di sera, a Roma, sembra di entrare in una stanza buia e grande, che non finisce mai, illuminata da tante piccole abat-jour. E quella sera anche la luna, così piena e gialla, nascosta dietro alle nuvole bianche, sembrava una piccola abat-jour. I musei erano aperti fino alle 2 di notte, si entrava senza pagare, e io e Silvia avevamo pensato di invitare i nostri amici, come se volessimo un po' ufficializzare quello che c'era tra noi, come a dire Adesso ci vedete? Ci abbracciamo, ci baciamo, ci teniamo per mano, continuiamo a guardarci anche mentre parliamo con gli altri, ecco, adesso lo sapete, stiamo insieme. E anche perché così nessuno avrebbe potuto dire né a me né a lei che eravamo spariti, che facevamo le cose per conto nostro, che da quando stavamo insieme avevamo dimenticato di aver vissuto più di vent'anni di vita prima di incontrarci. C'erano diverse mostre che volevamo vedere, Salgado all'Ara Pacis, De Chirico al Palazzo delle Esposizioni, una retrospettiva su Cartier-Bresson in un piccolo museo a Trastevere, ma alla fine abbiamo scelto il MAXXI. Ci siamo dati appuntamento lì davanti, Silvia aveva invitato Laura, che io avevo visto una volta di sfuggita mentre correva sotto la pioggia, e Marta, che stava all'università con noi. Io, invece, avevo invitato Eric, Marco, che poi l'avevano detto a Vins anche se nessuno sapeva se sarebbe venuto. Ma Alessandra viene?, mi ha chiesto Eric, mentre aspettavamo che arrivassero gli altri, e quella è stata una delle poche volte in vita mia in cui gli ho mentito, gli ho detto che le avevo scritto e che lei mi aveva risposto più no che sì, che forse avrebbe avuto da fare. E com'è l'amica di Silvia? Carina?, mi ha chiesto lui. Sì, mi pare di sì, gli ho detto io, l'ho vista una volta sola, ma una cosa in comune ce l'avete. Quale?, mi ha chiesto lui. Tinder, ho risposto io ridendo. Lui ha detto Cooosa?, come se gli avessi dato chissà quale notizia, diceva che allora non se ne faceva niente, che se era iscritta a tinder non poteva di certo diventare la madre dei suoi figli. Allora io gli risposto che neanche lui poteva diventare il padre dei suoi figli e lui mi ha detto che non c'entrava nulla, che era una cosa diversa, che per lui tinder era una sorta di esperimento socio-antropologico, che voleva capire come funzionasse, cose così. E mentre stavamo parlando, che intanto ci eravamo messi in fila perché sembrava che quella sera lì al MAXXI ci fosse tutta Roma e la fila arrivava fino alla via alberata fuori dai cancelli, abbiamo visto Silvia e Laura che venivano verso di noi. Silvia mi ha dato un bacio vicino alla bocca, ancora non eravamo pronti a salutarci in un altro modo davanti agli altri, poi si è girata e ha detto Tu devi essere Eric, e lui ha risposto Tu devi essere Silvia, e alla fine si è presentata Laura, sorridendo a Eric con gli occhi che un po' le brillavano e a me dicendo una cosa tipo Mi sa che io e te ci siamo già visti. Che fila!, diceva Laura, che mostra c'è?, Eric aveva risposto che il pienone dipendeva solo dal fatto che era gratis. L'anno scorso la stessa cosa, ha detto Eric, eh, Giulio, ti ricordi? Siamo andati al Chiostro a vedere la mostra di Escher e in fila c'era gente che chiedeva chi fosse questo Escher, e lo pronunciava Esker. Eric sembrava felice di aver detto quella cosa, ma solo per un motivo, perché aveva guardato Laura e si era accorto che l'aveva fatta ridere. Oddio, ha detto Silvia mettendo la testa dietro la mia spalla, fammi nascondere, lo sai chi è quello? Quello strano che ti dicevo che ho incontrato all'esame e mi ha chiesto il contatto di whatsapp. Ma chi, il maniaco?, ha chiesto Laura. Io ed Eric ci siamo girati e per poco non ci prendeva un colpo, poi ci siamo messi a ridere, visto che quello strano, il maniaco di cui parlavano loro, era Vins, che si stava guardando intorno e non riusciva a trovarci. Vins, siamo qui, ha detto Eric alzando il braccio. Lo conoscete?!, ha chiesto Silvia. Eh, sì, le ho detto io, l'abbiamo invitato noi. Guarda che è tranquillo, ha detto Eric, e intanto ridevamo tutti e Vins ci guardava con l'aria di chi capita in mezzo a un discorso già iniziato chissà quando e si sente un po' escluso. Piacere, Vins. Ma ti chiami proprio Vins?, gli ha chiesto Laura. No, no, Vincenzo, ha risposto lui, però mi hanno sempre chiamato Vins, ormai se mi chiamano Vincenzo neanche mi giro. Mentre Vins cercava di orientarsi, alle sue spalle abbiamo visto arrivare Marco che l'ha abbracciato da dietro dicendogli Grande Viiiiiiiiins!, e poi gli ha chiesto che fine avessero fatto gli occhiali, se avesse messo le lenti, e allora Vins ha annuito e Marco gli ha detto che stava davvero bene senza occhiali, sembrava un'altra persona. Guardando Vins, quella sera, mi ero accorto di due cose. Preferiva dare risposte brevi, telegrafiche, come se avesse paura di dire qualcosa di troppo, come se la sua vita dipendesse dallo sguardo degli altri, come se uscendo di casa e mischiandosi con il mondo di fuori si sentisse sempre giudicato, sotto esame. E soprattutto quando parlava o anche solo quando qualcuno parlava con lui più che guardarsi intorno per capire cosa pensassero gli altri, cosa potessero mai aspettarsi da uno come lui, Vins guardava Silvia, i suoi occhi rimanevano su di lei qualche secondo in più, come se cercasse la sua approvazione, o addirittura il permesso di poter parlare. Il MAXXI di sera l'avevo visto solo una volta quando Marco mi aveva invitato alla silent disco. Non sapevo bene cosa fosse e lui mi aveva detto Giulio, calcola che sarà pieno di ragazze, avremo tutti le cuffie e potrai fare tipo *Il tempo delle mele*. Non avevo mai visto una cosa del genere, due o trecento persone che ballavano con addosso le cuffie grandi, che ti coprono le orecchie, e si poteva scegliere il colore, blu rosso o verde, a seconda del genere, rap o grandi classici anni Ottanta o musica elettronica. Io guardavo Marco, che aveva bevuto parecchio, ballare con gli occhi chiusi agitando le braccia verso il cielo. E faceva effetto togliersi le cuffie e vedere tutte quelle persone che ballavano in silenzio. Per me il MAXXI esisteva di giorno, come se la luce del sole facesse parte delle installazioni, come se il museo chiudesse non appena si sentivano nell'aria i primi indizi della sera. Mi piaceva perché c'era di tutto, i pensionati che la mattina si sedevano al bar a leggere il giornale, i turisti che ci capitavano per caso o quelli che ci erano venuti apposta perché avevano letto di qualche mostra, gli artisti che volevano sentirsi a casa e che in fondo sentivano che stare lì era un modo come un altro per tenersi aggiornati, i giornalisti coi loro mac, gli studenti che riempivano i tavoli con gli astucci e le penne e le dispense evidenziate con mille colori. Quella sera i personaggi del giorno si erano dispersi, qualcuno magari stava facendo la fila insieme a noi, e del giorno erano rimaste solo le mostre e un'installazione che c'era da sempre, che creava un'atmosfera tranquilla e distesa perché ti faceva sentire di sottofondo il rumore dell'acqua che scorre con qualche nota di pianoforte. Eravamo arrivati quasi alla biglietteria e Silvia provava a chiamare Marta dicendo che squillava e lamentandosi del fatto che fosse sempre in ritardo. Poi abbiamo sentito due o tre Silviaaaa!, e abbiamo visto Marta che si sbracciava, è venuta verso di noi e ci ha detto che aveva fatto tardi perché non riusciva a trovare parcheggio. Era carina, Marta, meno di Laura però, forse per la faccia un po' schiacciata o per il piercing con il brillantino che aveva sulla narice sinistra.

Intanto Silvia non sapeva cosa dire quando si è accorta che Marta si è presentata con me e con Eric e con Marco e non con Vins, che invece ha salutato come fossero amici di vecchia data. Come va la tesi?, le ha chiesto lui. Bene, sto trovando degli spunti interessanti, le ha detto lei, che era un anno più grande di noi. Hai messo anche Bulgakov, alla fine?, ha chiesto lui. Sì, ha risposto lei, l'ho preso in prestito ieri ma devo ancora leggerlo. Silvia si era girata e li spiava nella coda dell'occhio, Vins sembrava essersene accorto e chissà che quella sera, a pensarci adesso, non gli fosse girata nella testa l'idea che lei fosse gelosa del loro rapporto. Silvia aveva un'espressione che conoscevo già, gli occhi bui e i denti che si stringevano tanto da mostrare a tutti la mascella, l'espressione di una che rimane sorpresa, che credeva di sapere tutto o quasi di qualcuno, di un'amica magari, e invece scopre che ci sono cose di quell'amica che lei non conosce, che quell'amica preferisce raccontare ad altri. Una volta dentro ci siamo un po' divisi, senza però perderci di vista. In una galleria, su una sorta di grande prato in erba sintetica abbiamo visto un ripiano di legno che sarà stato lungo quattro o cinque metri, diviso a metà da una rete, sembrava un tavolo da ping pong per bambini. Una delle due metà, però, era occupata da una specie di teschio di coccodrillo, mentre l'altra era vuota. Marco è stato il primo ad accorgersi che nella parte vuota c'erano quattro impronte, come quelle che si fanno sulla sabbia, dove mettere le mani e i piedi. Bisognava mettersi come quel coccodrillo, a pancia in giù, e da lì in poi il coccodrillo avrebbe imitato tutti i tuoi movimenti. Marco ci guardava e rideva, diceva Dai, fatemi un video, mentre faceva fare le flessioni al coccodrillo. Nella stessa sala c'erano due file di alberi finti che ogni mezz'ora era come se prendessero vita, si illuminavano e facevano su e giù come se venissero fuori dal prato. Al centro c'era una piccola porta con una rientranza che aveva la forma di un volto umano. Ogni mezz'ora si poteva mettere la propria faccia lì dentro e soffiare e gli alberi oltre a illuminarsi e a fare su e giù cominciavano a far girare i rami come fossero eliche, che andavano a ritmo con il tuo respiro e più forte soffiavi più si agitavano. Avevo fatto un video a Silvia mentre soffiava, mi sembrava di sognare, pensavo che mi sarei svegliato di colpo da un momento all'altro. Certo, pensavo, guardandola, da quando c'è lei nella mia vita il mio modo di respirare è cambiato, se provassi a soffiare tutte le volte che penso a lei e che la vedo e che mi accorgo che mi ha scritto un messaggio o che mi sta chiamando quei rami girerebbero così tanto che gli alberi potrebbero anche diventare elicotteri e spiccare il volo. Marco si era accorto che le stavo facendo un video e mi prendeva in giro agitando una mano sotto la camicia, all'altezza del cuore. Eric e Laura erano già avanti, lontani da noi, e parlavano, parlavano, parlavano, senza guardare nulla. Lo vedevo gesticolare, agitare le braccia, indicare qualcosa, e lei rideva coprendosi la bocca e diventando rossa. Stanno bene insieme, pensavo, fosse la volta buona che ha trovato una che può amarlo davvero senza fargli del male. Marta intanto parlava con Vins, che forse non la stava ascoltando, guardava verso di me, verso di noi, verso me e Silvia, e non appena me ne sono accorto si è girato verso Marta e ha fatto finta di ascoltare come se non avesse fatto altro fino a quel momento. Nella sala accanto un gruppo di ragazzi si stava facendo un selfie con un pupazzo gigante di un maiale in piedi che teneva una cartello con scritto TUTTI GLI ANIMALI SONO UGUALI MA ALCUNI SONO PIÙ UGUALI DEGLI ALTRI. C'era chi faceva ok con il pollice, chi indicava il cartello, chi guardava in faccia il maiale tenendosi il mento in una mano con aria interrogativa. Come si chiama quel museo dove ci sono tipo delle doppie sale? Quelle con i quadri originali e quelle con i quadri finti per i selfie, aveva chiesto Marco. Te lo sei appena inventato questo museo, aveva risposto Vins. No, giuro, replicava Marco, è tipo in Svezia, ho letto che quasi tutti sceglievano le sale con i quadri finti. La cosa non mi sorprende, diceva Vins. Più che altro, diceva Silvia, io i selfie non li capisco, come fanno gli altri a sorridere così, a comando? Sì, anch'io la vedo così, diceva Vins. Ma Silvia sembrava quasi che non avesse sentito nulla, l'ha guardato come si guarda la lucina sopra le porte automatiche quando non si aprono subito. Mi ha messo un braccio dietro la schiena per abbracciarmi, io ho risposto subito abbracciandola sopra le spalle, e siamo andati avanti verso la galleria principale. Lì abbiamo ritrovato Eric e Laura che erano seduti davanti a una scultura altissima fatta tutta con dei fili d'acciaio intrecciati, continuavano a parlare e a sorridersi. Eravamo davanti a un muro bianco dove in alto c'era scritto SIMPLE TRUTHS e sotto c'era una serie di disegni, di queste semplici verità, che l'artista che era un architetto ungherese ultranovantenne aveva scoperto nel corso della sua vita. Silvia ne aveva fotografato alcune, NON ABBIAMO BISOGNO DI COMPRENDERE L'UNIVERSO, IL MODO IN CUI IMMAGINIAMO L'UNIVERSO CI PERMETTE DI COMPRENDERE NOI STESSI, LA VITA È FATTA DI INNUMEREVOLI MICRO-GIOIE CHE SONO PIÙ IMPORTANTI DELLE GRANDI GIOIE, TU SEI DIVERSO DA CHIUNQUE ALTRO, IO SONO, TU SEI, LORO SONO. Mentre le leggevo e pensavo di essere d'accordo, soprattutto sulle micro-gioie, che da quando avevo conosciuto Silvia facevo fatica a tenerne il conto, ha cominciato a tremarle la mano, mi ha detto Andiamo via?, e io le ho detto Perché?, e lei mi ha detto Vabbè, tanto l'abbiamo vista tutta, no?, e io le ho detto No, c'è ancora una sala, e poi che fretta abbiamo?, e lei ha detto Ok, scusa hai ragione, e io le ho detto No, non devi scusarti, ma che è successo?, e lei ha detto Niente, niente, ho avuto un momento di claustrofobia. All'ingresso dell'ultima sala c'era scritto I VOSTRI RICORDI, GLI ARTISTI SIETE VOI o una cosa del genere e c'era così tanta gente che pensavo che fosse quella l'idea, l'opera d'arte erano le persone che riempivano la sala, un'opera che potevi solo guardare da lontano, immaginare, visto che era impossibile anche solo affacciarsi. Poi molti sono usciti e si poteva tornare a respirare e quando siamo entrati noi Silvia mi ha preso per mano e mi ha portato a vedere la vera opera, che era sempre di quell'architetto ungherese, come fosse una guida che nel suo giorno libero faceva uno strappo, un gesto d'amore, e mi raccontava tutto quello che non avrei saputo vedere da solo con i miei occhi. Come in quel racconto dove c'è un uomo che entra in un museo e piano piano diventa cieco ma è come se continuasse a vedere tutto perché c'è una donna accanto a lui che glielo racconta. L'architetto aveva chiesto ad alcune persone se potevano prestargli i loro ricordi per questa mostra e li aveva messi in delle teche di vetro, dove c'erano attaccati dei foglietti con poche righe in cui ognuno raccontava perché quel ricordo fosse importante. Un altro architetto aveva offerto il suo "primo fallimento accademico", così lo chiamava, un modellino venuto male che gli era costato una bocciatura, una performer invece aveva scelto un collage di immagini, volantini, ritagli di giornale, biglietti del cinema e dei concerti e del teatro, disegni, banconote, che aveva raccolto durante gli anni dell'università. Poi c'erano un cestello della macchina per fare il pane, un tutù di danza, una teca piena di libri e dvd e foto di scena di Woody Allen, una boccetta piena di conchiglie. Silvia ha cominciato a leggere la didascalia, "Mamma mi regalò una boccetta piena di conchiglie e un biglietto con scritto tutte le conchiglie della tua infanzia", io ero emozionato, mentre Silvia riusciva a leggere senza cambiare neanche un po' il suo tono di voce, per lei era uno dei tanti racconti in cui non avrebbe mai potuto immedesimarsi. Quindi si è girata verso di me, si è accorta di qualcosa, e mi ha chiesto Ma che ti sei commosso? Mammaaa, che cucciolo!, mi ha detto, abbracciandomi e prendendomi un po' in giro. Poi si è sentita una voce che risuonava in tutto il museo e che diceva a tutti i visitatori di non farsi prendere dal panico, c'era il rischio che nel museo ci fosse una bomba da qualche parte e quindi si consigliava di recarsi immediatamente verso l'uscita, ma in maniera composta e ordinata. Qualcuno si è messo a ridere, erano convinti quasi tutti che facesse parte della mostra, visto che quella era l'ultima sala ed eravamo vicinissimi all'uscita. Poi abbiamo sentito l'allarme, abbiamo visto che correvano tutti, compreso il personale del MAXXI, ci siamo guardati intorno e mancava solo Vins che forse, pensavamo, era già scappato. Io e Silvia abbiamo cominciato a correre mano nella mano, spingendo e sgomitando nella folla che sembrava volesse spaccare le vetrine e inventarsi ovunque una via d'uscita. Ci siamo ritrovati in macchina a correre e a prendere qualche rosso convinti che tanto nessuno ci avrebbe fermato o fatto una multa, era successa una cosa troppo grande, di quelle che sentivi solo in tv e in fondo pensavi che a te non sarebbe mai capitata. Ci siamo ritrovati nel parcheggio del Brunswick, forse il più famoso bowling a Roma, che quella sera sembrava semivuoto. Sentivamo i nostri respiri, il motore della macchina che piano piano si stava spegnendo, e non riuscivamo a trovare il coraggio di guardarci. Avevamo paura di tornare alla realtà, che sì, a pensarci bene comprendeva anche noi, però comprendeva anche quello che era appena successo. Ce ne siamo fregati, te ne rendi conto?, mi ha detto lei. Di cosa?, le ho chiesto io. Di tutto, ha risposto lei, degli altri, non solo di Laura, Eric, ma di tutti, abbiamo pensato solo a noi. Io non sapevo cosa dire, aveva ragione, però c'era anche lei e il fatto che avesse detto quella cosa per prima la faceva sembrare meno colpevole. E comunque, mi sono detto, alla fine non era esplosa nessuna bomba. Siamo stati in silenzio per un po', lei si era coperta gli occhi con la mano destra, tenendo la testa poggiata al finestrino. Poi all'improvviso mi ha chiesto se avessi dei tatuaggi, io le ho detto di no, poi le ho chiesto se ce l'avesse lei e mi ha detto Uno, mostrandomi la parte interna del polso sinistro, dov'era disegnato un piccolo aereo. Pensa, mi ha detto lei, per poco potevamo essere l'unica coppia rimasta nel mondo a non avere tatuaggi. Dimmi la verità, le ho detto, prima, dentro al museo... Lei si è girata, ha fatto un respiro profondo, guardando fuori dal finestrino, e mi ha detto che aveva visto il suo ex. E ti fa ancora questo effetto?, le ho chiesto io. No, è una storia lunga, mi ha detto lei. Raccontamela, le ho detto io. Adesso non mi va, ha detto lei, posso dirti solo che non ci siamo lasciati benissimo. Cioè?, le ho chiesto io. Cioè, ho dovuto cambiare numero, indirizzo mail, tutte le password possibili, ha risposto lei. Ho provato a baciarla ma si è scansata. Nel viaggio verso casa nessuno di noi ha aperto bocca, la città mi sembrava sottosopra, si sentiva solo il rumore delle sirene e delle macchine che ci sfrecciavano accanto. E anche la mia vita mi sembrava un po' sottosopra, sentivo che l'unica bomba a essere scoppiata quella sera era tra di noi, in quella storia d'amore che dovevamo ancora scoprire. Avevo la sensazione di essermi perso, di non sapere più cosa fare e dove andare, mi guardavo intorno e non c'era nessuno che poteva aiutarmi. La mia vita quella sera era come il museo dov'eravamo appena stati, e lei correva cercando di trovare una via d'uscita. Ci siamo fermati davanti al suo portone, davanti al mio portone, nella nostra piccola via dove quella sera era saltata l'illuminazione. Prima di scendere ha guardato davanti a sé un punto nel vuoto, poi si è girata verso di me e mi ha detto Sai, sotto i sanpietrini c'è la spiaggia. E poi se n'è andata.

11

La mattina della smartbox era una di quelle mattine in cui la sveglia non serve. Che il cielo aveva cominciato a schiarirsi, che i semafori si erano accesi, che nei bar si sentiva l'odore del caffè, lo sentivo dentro di me come una musica. Quella mattina il giorno era arrivato prima dentro di me e poi nella mia stanza; immaginavo di alzarmi, aprire la porta, vedere i miei che prendevano il caffè sul divano, o di vedere solo mio padre sulla poltrona a fumare, già vestito, già pronto per partire, che mi avrebbe detto Sempre così, mentre mia madre si preparava e in anticamera, davanti alla porta di casa, avrei visto il trolley nero che si portavano sempre per le vacanze che duravano poco. E invece quella mattina non avevo trovato nessuno, la casa era deserta, vuota, silenziosa. Avevo gli occhi spalancati, come se fossi sveglio da ore, sistemavo la stanza, alzavo le tapparelle, aprivo tutte le finestre, mi lavavo più volte la faccia, con gli occhi luminosi e felici, aspettando che uscisse il caffè. Sparavo boccate di fumo nell'aria, mi guardavo intorno, e piano piano il silenzio sembrava dirmi cose come Giulio, va bene che adesso sei solo, puoi fare quello che ti pare, anche andartene in giro nudo per casa o farti la doccia con la porta aperta, ma fino a ieri qui non eri solo, c'erano tuo padre e tua madre, e lì, oltre la finestra, da dove viene la luce, insomma, c'è il mondo di fuori dove si mischiano e si confondono le vite degli altri. Allora ho pensato subito a riprendere il filo di quel discorso che uno lascia in sospeso ogni volta che va a dormire, quel discorso che poi è la vita, e ho sentito il bisogno di sapere dove fossero i miei. Il cellulare, come sempre, l'avevo lasciato nascosto in un angolo, in carica, modalità silenzioso, per tutta la notte. Ancora non facevo parte di quelli che lo controllavano al risveglio, con gli occhi semiaperti. L'avevo visto illuminarsi e poi spegnersi, come se qualcuno mi stesse chiamando e io non avessi fatto in tempo a rispondere. Avevo trovato otto chiamate di mio padre, tre di mio fratello e una di mia sorella, e mi era salito un formicolio tutto intorno alla testa e una paura folle di richiamarli.

Quella volta non era venuto nessuno a svegliarmi, sarebbe stata una perdita di tempo. Ormai ero grande, potevo svegliarmi da solo, rendermi conto da solo di quello che stava accadendo. Al telefono mio padre parlava a voce bassissima, quasi non si sentiva, e mi diceva che mia madre si era sentita male, forse un'indigestione, avevano dovuto portarla al pronto soccorso. Dopo aver attaccato, il silenzio in casa si sentiva ancora più forte. Mi sono vestito in maniera meccanica, come se fosse qualcun altro a vestirmi, come quando ero bambino e mia madre rimboccava i calzini e i pantaloni e allargava il colletto delle magliette e delle felpe per farmele entrare, e poi con la mano mi cercava le braccia e mi aiutava a trovare le maniche. Sono entrato in camera dei miei, ho visto il loro letto senza pieghe, come se non ci avessero mai dormito, i cuscini leggermente rialzati dai pigiami che erano piegati sotto. Il loro bagno, con il lavandino ancora umido, con qualche goccia qua e là, il tappetino a terra tagliato in diagonale da un'onda leggera. Mi sono guardato allo specchio, nel loro specchio, e ho immaginato tutte le cose peggiori che mi sarebbero potute capitare di lì a qualche minuto, a un'ora, a un futuro che proprio mentre stava prendendo forma cominciava a svanire. Ma queste cose, dicevo dentro di me, non capitavano solo agli altri? Io al massimo sarei stato quello che li consolava, quello che condivideva il loro dolore, ma poi una volta a casa avrei ritrovato la mia vita così come l'avevo lasciata.

Correvo, facevo slalom tra le macchine, passando con quasi tutti semafori che erano più rossi che verdi. Speravo che mi fermassero, che succedesse qualcosa, se da un lato volevo sbrigarmi, come se dentro di me avessi paura che fosse troppo tardi, anche se forse non sapevo bene per cosa, dall'altro pensavo che non doveva andare così, loro dovevano essere in viaggio, facendo una sosta all'autogrill per un caffè e ascoltando i dischi di sempre, e mentre mio padre guidava mia madre avrebbe preso il telefono per scrivermi tutto bene, siamo in viaggio, baci. Sono passato davanti alla mia scuola, al forno dove trovavamo la pizza bianca ancora calda non appena suonava la campanella, a Villa Pamphili che era quasi deserta, senza bambini, ho fatto un po' di strada accanto all'8, l'unico mezzo di Roma che arrivava in orario, superandolo dopo un paio di fermate. L'ingresso dell'ospedale era più grande rispetto a quello di altri ospedali dove eravamo stati, ma ho ritrovato comunque le solite cose, un parcheggio pieno di macchine davanti all'edificio, qualche ambulanza spenta e una sbarra a strisce bianche e rosse con accanto una guardiola e un uomo dentro che sembrava volesse indicarmi un altro ingresso. Ho abbassato il finestrino e lui mi ha detto che quello era l'ingresso riservato al personale, che quello per i visitatori era una cinquantina di metri più giù. Anche la strada per il pronto soccorso, come quella fuori, era in discesa, e l'ingresso era una piccola porta a vetri scorrevole sotto un portico. Lì dentro era impossibile ignorarsi, negli occhi di chi mi passava accanto vedevo una nuova forma di pietà, un nuovo modo di scrutarsi, di farsi un'idea delle vite degli altri. Erano arrivati tutti prima di me, un gruppetto di persone in cerchio da cui saliva un po' di fumo, quello della marlboro di mio padre, come se in mezzo ci fosse un camino immaginario. Mancavo solo io. Mio padre ha fatto un cenno con la testa guardando verso di me e si sono girati tutti, mio fratello, la moglie, mia sorella con il marito e anche mia nonna, che mi ha sorriso. Mio fratello e la moglie sembravano un po' raffreddati. Mia sorella, invece, nonostante il pancione, nascondeva il labbro superiore sotto quello inferiore e non smetteva di piangere. Il marito era un po' in imbarazzo e guardava a terra, e quando incrociava il mio sguardo stringeva le labbra imitando la tristezza di qualcun altro. Mia nonna mi ha detto che mi trovava più alto, più magro, mi ha chiesto se mi facessero mangiare, io le ho detto di sì, come sempre, mi conosci, non ho mai mangiato tantissimo, ma non mi sembrava convinta, Non so, mi ha detto, ti vedo sciupato. Erano bastate due frasi per farmi ritornare lì, sulla terra, in un punto preciso, davanti a una porta scorrevole con su scritto PRONTO SOCCORSO, con mio fratello che tossiva e parlava con la voce rauca, mio padre che sembrava perso e guardava il cielo, mia sorella che si asciugava le lacrime con i palmi delle mani, le persone che uscivano ed entravano, compresi quelli con il camice azzurro che portavano dentro dei letti vuoti muovendoli come carrelli del supermercato. Ero tornato lì, sì, a pensare che ero lì per un motivo, che dentro c'era mia madre sdraiata chissà dove e a casa, in quella casa che si vedeva dalla mia finestra, c'era Silvia che mi aspettava. Nessuno di noi sapeva cosa sarebbe successo, ci attaccavamo tutti a un'ipotesi, sentivamo solo quelli che parlavano di indigestione o che dicevano cose come Deve aver mangiato qualcosa che le ha fatto male. Volevamo sapere la verità, ma volevamo anche che fosse rassicurante. Meglio credere che mia madre avesse mangiato qualcosa di avariato, che sapere che il dottore si era sbagliato, era stato un po' avventato, che dentro mia madre era tornata quella malattia, quel morbo, il nome l'ho rimosso, sembrava il nome di un sistema operativo o di un mostro dei fumetti che voleva divorarle l'intestino e portarcela via di nascosto.

Come nel mondo di fuori, che ogni tanto per periodi brevi o quasi andavano di moda delle espressioni, quello era il periodo di H24, acca ventiquattro, per dire ventiquattr'ore su ventiquattro, nel nostro nucleo famigliare per un po' di tempo sarebbero andate di moda frasi come L'hanno presa per i capelli, o Per poco non ci lasciava la pelle. Anche mia madre, che è sempre stata contraria, non ha mai seguito le mode, sdraiata sul letto, pallida, con le labbra secche, che dalla mattina alla sera aveva gli occhi lucidi, lacrimosi, gli occhi di una che sembrava essersi sempre appena svegliata, anche lei, sì, guardava me, poi la flebo, poi di nuovo me, sorridendomi a fatica, dicendomi che l'avevano presa per i capelli. Quei capelli ancora quasi tutti neri, come quelli di sua madre, che da quando stava lì sembravano più fini, inafferrabili, mi sparivano tra le dita. Quella dei capelli come immagine rendeva, il mostro che non si rassegna, non si arrende, torna ancora una volta per prendersi mia madre, per portarla in un posto lontano dove non avremmo mai potuto trovarla, altro che la Patagonia, allora si maschera da indigestione, la fa sembrare una cosa da niente, fa di tutto perché il dottore le dica che può stare tranquilla. Ma mio padre, come sempre, non si è fatto fregare e l'ha portata al pronto soccorso. Però neanche lui poteva immaginare che mia madre sarebbe rimasta un'intera settimana in quello stanzone che chiamavano pronto soccorso, con una cinquantina di letti che venivano incastrati in tutti i modi. Che mia madre si sarebbe lamentata, prima, e poi scoraggiata, rassegnata, quasi, mostrandosi debole, indifesa, vulnerabile, per la prima volta nella sua vita. Perché diceva che di notte, dopo che avevano spento le luci, era terribile, sentiva chi russava, chi si lamentava, chi all'improvviso gridava nel sonno, forse per il dolore o per un brutto sogno, e non si era mai sentita così sola e abbandonata. A dirla tutta, quello era un classico dejà vu, io e i miei fratelli a tavola che cominciamo a mangiare, ogni tanto ci guardiamo e facciamo di tutto per non ridere, mentre mio padre guarda la tv e ci chiede Buona, eh?, e noi diciamo sì con la bocca piena, una sorta di Mmm mmm, perché facciamo fatica a masticare la pasta che ha cucinato, a mandarla giù. Oppure di lunedì sera, che io aspetto che si facciano le 23:50 che su TELE+ Grigio comincia un film porno, protagonista Selen, che in realtà si chiama Luce Caponegro, che shock quando l'ho scoperto. Mia sorella è uscita, mio padre e mio fratello dormono. Appena scatta la mezzanotte si sente il rumore dell'ascensore, dopo un po' di anni avevo imparato a riconoscerlo, quando qualcuno lo chiamava sembrava come se il palazzo deglutisse. Intanto mio fratello esce dalla sua stanza, non dice nulla, fissa un punto nel vuoto e poi sottovoce dice che forse deve vomitare. Anche mio padre esce dalla sua stanza, non riesce a dormire, si siede sul divano accanto a me, che con il cuscino nascondo l'erezione, e si accende una sigaretta. Intanto sentiamo la porta dell'ascensore che si apre, poi il silenzio, c'è qualcuno che sta cercando le chiavi, è mia sorella che rientra e che ci vede tutti lì, in salone, ha l'aria triste, ci chiede cosa ci facciamo ancora svegli a quell'ora. A guardarci da fuori, lì, davanti al pronto soccorso, sembravamo cambiati. Io non avevo più il caschetto biondo, anche perché non era più mia madre a tagliarmi i capelli, mio padre era dimagrito, e come mio fratello aveva la fronte più alta, mia sorella non aveva più i capelli ricci, adesso erano mossi, e aveva il pancione. Ma dentro eravamo sempre noi, a consolarci, a farci forza a vicenda, e in fondo persi, senza quella bussola che era mia madre.

12

Da quando ero bambino quel mostro dei fumetti che voleva rapire mia madre tornava ogni otto-nove anni. Aveva la stessa costanza, lo stesso tempismo degli europei, dei mondiali di calcio, solo che quelli si facevano ogni volta in una città diversa, mentre quello tornava sempre nello stesso luogo. Era come la replica di uno spettacolo che era andato così e così, ma visto che la gente a volte si dimentica, se lo rimetti in scena dopo tutti quegli anni è capace che torna a vederlo. Ci sono io che mi sveglio tutto sudato in piena notte, intorno a me è buio pesto. Accendo le luci, una dopo l'altra, appena apro una nuova porta. Vedo mio padre che dorme sul fianco, in un letto che è troppo grande per dormirci da solo. Mia madre non c'è, non dorme accanto a lui e non è neanche sul divano. Cammino per casa, scalzo, in mutande e canottiera, mi guardo intorno, con le braccia dritte parallele al corpo. Guardo il divano, le lampade, la tv spenta, i quadri con paesaggi innevati e nature morte, la libreria, la colonna di libri di mia madre sopra un mobile in salone, con sopra la custodia degli occhiali che però è vuota, la credenza, i fornelli, le finestre. Tutto sembra dirmi che mia madre non c'è, che non è dove dovrebbe stare, cioè non è a casa con noi, quella casa che senza di lei non esiste più. Di giorno, a scuola, sono assente, parlo poco, a casa scarabocchio fogli, disegno me e lei in piedi, vicini, che a volte ci teniamo per mano. Non ho bisogno di un'agenda, di un calendario appeso al muro, ho tutto dentro di me, sono in grado di contare i giorni, di sapere il momento preciso in cui tornerà a casa. Allora le preparo un regalo, una sorpresa, e su un foglio bianco, a sinistra, disegno la nostra casa, e a destra quel luogo che tutti chiamano ospedale. Sopra c'è una freccia che va dalla casa all'ospedale, c'è scritto IO SONO TRISTE. Sotto, invece, c'è una freccia che va dall'ospedale alla nostra casa e c'è scritto IO SONO FELICE. Quando arriva quel giorno che lei torna, che dentro di me c'è come una festa, io lo sento nell'aria. So quando mio padre sta cercando parcheggio, lo vedo scendere dalla macchina, fare il giro per aprire la portiera a mia madre, lo vedo che allunga una mano e la aiuta a tirarsi su, sento il portone che si apre, l'ascensore, il palazzo che deglutisce, e io intanto mi preparo, sono in piedi davanti alla porta, come un gatto che sente arrivare il padrone, e nascondo il regalo dietro la schiena. Lei apre la porta, abbassa lo sguardo e mi vede, ci brillano gli occhi, per poco non ci viene da piangere, io tiro fuori il regalo, lei lo guarda, segue le frecce con gli occhi e non si trattiene, si abbassa e mi stringe in un abbraccio che potrebbe durare per sempre. Seguono cene dove si brinda, perché in fondo il peggio è passato. E io guardo i grandi che ridono e abbracciano mia madre, che si fanno forti di quello che chiamano il senno di poi, e quasi scherzano sul fatto che per poco mia madre non ci lasciava la pelle. Crescendo, mentre quel mostro diventava quasi prevedibile, capivo sempre meno quando dicevano che mia madre per poco non ci lasciava la pelle. Anche perché, a pensarci bene, mia madre ci avrebbe lasciato i libri di Lukács, Marcuse, Horkheimer, Marx, Kant, Hegel, Sartre, i vestiti a fiori e colorati, le collane di perle chiare, i fermagli, le scarpe un po' eccentriche senza lacci, i profumi chanel e anaïs anaïs di cacharel, la sua immagine che riempiva tutta casa, la faceva respirare, lei sdraiata sul divano che dorme di pomeriggio con un libro aperto sulla pancia, lei rannicchiata sulla poltrona dopo cena che guarda un talk show, lei che svuota la lavatrice e metti i panni in una bacinella arancione, lei che si mette gli occhiali da sole in anticamera e mi chiede come sta, lei che si spoglia seduta sul letto rivolta verso la finestra, dando le spalle alla porta. Ci avrebbe lasciato di tutto, ecco, tranne la pelle, visto che ha sempre detto di voler essere cremata, e noi lì a guardarci e fare gesti scaramantici nascosti e dirle Ma', che discorsi, se ne parlerà tra centocinquant'anni, anche di più. Gli altri forse scherzavano, ma io ero serio, ci credevo davvero, non ho mai pensato che la morte fosse una cosa per lei.

 Mia madre aveva visto l'estate passare davanti alla finestra senza riuscire neanche a salutarla, era così magra che le si vedevano tutte le ossa, e il momento più bello della giornata per lei era quando andavamo a trovarla che faceva su e giù per il corridoio reggendosi con una mano sul bastone d'acciaio della flebo che era più alto di lei e tenendo nell'altra una borsa rosa dove entrava il tubo della flebo e ne usciva un altro che le finiva sotto il vestito, un vestito che sembrava più un lenzuolo corto o una piccola tenda. Salutava gli altri pazienti, il ragazzo col gesso, la ballerina con il brutto male al ginocchio e il signore con il brutto male alla testa, una signora, ex professoressa anche lei, che indossava due bende perché aveva un problema agli occhi. Mia madre diceva a tutti che stava meglio, fino a che poi tornava a stare sola con noi, uscivamo per farla fumare di nascosto, e si metteva a piangere. Non l'avevo mai vista così, non l'avevo mai sentita dire così tante parolacce tutte insieme, lanciava le sigarette a terra con rabbia lasciandole quasi sempre a metà. Non è vita, questa, diceva, non ce la faccio più. Non volevo abituarmi a vedere mia madre un'ora al giorno, un'ora che poi avevano deciso altri. Nella sua stanza, per me, c'erano sempre un letto matrimoniale, che divideva con mio padre, due comodini ai lati del letto con due piccole abat-jour, armadi bianchi pieni di gonne lunghe e di cravatte, un mobile con sopra uno stereo sottile e accanto il portafoglio, le monete, le chiavi, gli occhiali da sole di mio padre, e vicino alla finestra una sedia in legno dove c'era appesa una borsa che mia madre aveva comprato a Tolfa. Lei non poteva dormire in una stanza con due letti singoli, con un armadio blu altissimo pieno di tovaglioli e tamponi e vestaglie bianche di ricambio, un armadio così alto da arrivare quasi al soffitto che era fatto di tanti pannelli quadrati in polistirolo. Com'è quel libro?, avevo chiesto a mia madre. Era uno degli ultimi giorni d'agosto, noi eravamo rimasti a Roma per stare con lei, io dovevo anche studiare, e anche Silvia, che in più aveva trovato un lavoro serale, alla cassa di un'arena che avevano allestito a Castel Sant'Angelo. Ho provato a leggerlo, mi aveva risposto mia madre chiudendo gli occhi con un'aria un po' scocciata, ma è scritto male. L'ho aperto per leggere l'incipit, ancora me lo ricordo, "Gli occhi del neonato mi fecero trasalire, così tondi, bianchi e pulsanti". Nel titolo sono quasi sicuro che ci fosse la parola "ossa", tipo "il rumore delle ossa", e io mi ero girato per guardare mia madre, per guardare le sue di ossa, che se ne stavano lì in bella vista, a dirmi che mia madre stava rischiando davvero, che non era mai stata così e a pensarci bene nessuno di noi sapeva davvero cosa fare. In quel momento non potevo proprio immaginare che quel libro sarebbe finito nella scatola con dentro le "cose dell'ospedale da buttare", e che quella scatola sarebbe andata a buttarla lei stessa, una volta rinata. Quel giorno di fine agosto la mia vita è cambiata, stava cambiando improvvisamente, senza che io me ne accorgessi. Ho visto la mia tasca illuminarsi, era Silvia che mi stava chiamando. Ho lasciato che mettesse giù e mi sono sentito in colpa perché avevo voglia di uscire da lì e di richiamarla all'istante. Ho cercato di non pensarci, però, ho aperto il giornale che se ne stava lì spiegazzato sul comodino e ho cominciato a leggerle le notizie. Come quando eri piccolo, mi ha detto mia madre sorridendo. Fingevo che quella fosse una cosa normale, mi sforzavo di non piangere, di mantenere un tono di voce chiaro, limpido, di essere lì, sì, ma anche altrove, per non rendermi conto fino in fondo che mia madre non era in grado di leggere da sola. Hanno approvato il DDL Buona Scuola alla Camera, dice che aumenteranno lo stipendio agli insegnanti in base all'anzianità, che ci saranno centomila assunzioni per coprire le cattedre vacanti. No, che noia, ha detto lei ridendo, vai avanti. Cercavo di trovare notizie che potessero piacerle, o almeno divertirla, ma quando le chiedevo Grecia? Sindaco di Roma? Tutti pazzi per il detox? Insetti, la battaglia dell'estate? Nuovo cast per *True Detective*?, lei reagiva sempre nello stesso modo, scuotendo la testa e accennando uno sbadiglio. Quando le ho letto un trafiletto sulle nuove aspettative di vita, l'uomo passava da 80,3 anni a 80,1, la donna da 85 a 84,7, le è venuto da ridere e mi ha detto Quindi mi toccherà fare la vedova per cinque anni? Poi mi ha fatto leggere, quasi per intero, una recensione su un libro di Saramago che era stato appena ripubblicato. Quanto mi piace Saramago, ha detto lei, come si chiama l'ultimo che ho letto? Quale?, le ho chiesto io. Dai, quello del professore che scopre di avere un sosia. Ah, *L'uomo duplicato*. Quello, sì, che bello!, ha detto, e ho visto che la luce nei suoi occhi, l'entusiasmo di essere viva, è durata poco, il tempo di rimettere a fuoco tutto, di ricordarsi dove fosse. Nella cronaca romana non c'era granché, parlavano di Olimpiadi, di volontari che lavoravano nei parchi, di feste di vip in qualche villa ai Parioli. Una foto, però, e intorno alla foto un articolo, nelle ultime pagine, proprio quando stavo per chiudere il giornale, mi ha lasciato senza voce, senza respiro, quasi, pensavo di star male, di aver avuto un'allucinazione. Che hai visto?, mi ha chiesto mia madre, che hai visto? Leggilo anche a me. Il titolo era "L'eroe di Hollywood". Mia madre rideva, sembrava strano anche a lei che quell'articolo si trovasse nelle pagine romane. E in effetti per Hollywood intendevano il negozio in via Monserrato che piaceva tanto a me e a Silvia, vicino alla sua scuola, quello con cinquemila dvd, le foto di scena, le vecchie locandine. Quella era una delle tipiche vie del centro storico, strettissima, con i sanpietrini al posto dell'asfalto, con i palazzi che a guardarli dal basso sono così vicini che sembra che stiano quasi per toccarsi. Nel palazzo di fronte a quello di Hollywood, in una casa al primo piano, c'era stata una fuga di gas. L'articolo andava nel dettaglio, raccontava anche della vicina di casa che invece di uscire come avrebbe fatto chiunque riprendeva tutto dalla finestra con lo smartphone, i passanti che si fermavano, le vicine che urlavano e che chiedevano aiuto, l'arrivo dei vigili del fuoco. Dalla finestra principale usciva parecchio fumo, e allora i vigili avevano allungato una scala per far scendere le signore, due sorelle che abitavano insieme, che però erano in preda all'isteria, perché non volevano lasciare la casa senza i loro cani, che però erano in un'altra stanza che non sapevano come raggiungere. Le due sorelle, poi, nonostante le urla, nonostante si sbracciassero e si agitassero come fossero possedute, sono state prese con la forza dai vigili, che le hanno portate in salvo. Ma il vero eroe, in tutta questa storia, era un uomo che si trovava da Hollywood, che appena ha sentito le sirene e le urla è uscito da lì, ha seguito tutto come gli altri, da passante curioso, ma alla fine, invece di andar via, quando le due donne sono state portate giù, è salito sulla scala, è entrato in casa loro, è sparito per una trentina di secondi ed è tornato con i due cagnolini sotto le braccia, tra gli applausi di tutto il quartiere, da quelli per strada a quelli affacciati alle finestre, facendo svenire una delle due sorelle e facendo impazzire l'altra che non smetteva più di abbracciarlo e di baciarlo.

Dopo aver finito di leggere e aver chiuso il giornale sentivo il cuore che non si fermava più, era pieno di paura, di tristezza, di rabbia, anche, pieno di domande, e mi sentivo in colpa, come non mi ero mai sentito in colpa in vita mia. Perché a mia madre, che già stava male, ho letto solo l'articolo e della foto non ho detto nulla. Lei sembrava star meglio, aveva un'aria distesa, rilassata. Dentro di me, però, stava scoppiando qualcosa, non riuscivo a credere a quello che avevo appena visto. Pensavo a mio padre, mi chiedevo dove fosse, avrei voluto scappare da lì e chiamarlo, avrei voluto chiedergli perché, perché, perché di tutta quella storia a me, ai miei fratelli e soprattutto a mia madre, lui, non avesse raccontato nulla.

13

In fondo è tutta una questione di mondi, a pensarci bene, ce ne fosse solo uno come dicono in tanti forse sarebbe tutto più facile. Il mondo di fuori, il mondo di dentro, il mondo parallelo, il mondo degli altri, il nostro mondo... C'eravamo io e Silvia in un locale vicino all'università che ascoltavamo una sorta di jam session, salivano sul palco gruppi indie che non erano più tanto indie, ormai li conoscevano tutti, Silvia mi guardava mentre cantavo, mi sorrideva, le piaceva vedermi cantare, voleva anche leggere il labiale per capire le parole, poi guardava loro, quelli che cantavano sul palco, cercando di trovarle anche lì, in mezzo a tutta quella musica e alle voci degli altri che conoscevano a memoria tutte le canzoni. Adesso ho capito il senso di quell'abbraccio, forte e improvviso, durante una canzone che neanche io avevo mai sentito, dentro c'era un po' di tutto. C'era mio padre che nel suo mondo parallelo salvava i cani di chissà chi, c'era lei che si sentiva in colpa perché quel mondo parallelo, alla fine, lo conosceva bene, c'era mia madre che era stata malissimo ma che alla fine si era salvata, solo che stavolta ci aveva messo un po' più di tempo per riprendersi, c'era anche la voglia di crederci, di credere in noi, di non sbagliare più, eravamo entrambi in quel tratto tra Lepanto e Flaminio dove la metro sale su, si affaccia su Roma, entra la luce del sole e noi prendiamo colore, diventiamo più chiari, più luminosi, più belli, insieme. Ma io che c'era tutto questo, in quell'abbraccio, ancora non potevo saperlo. Mi aveva solo sorpreso, non me l'aspettavo, era una delle poche volte in cui era Silvia a dare per prima e non dopo aver avuto qualcosa da me. Mi aveva stretto fortissimo, sentivo il suo respiro sul collo mentre mi dava dei piccoli baci. Volevo chiederle se andasse tutto bene, se per caso fosse successo qualcosa, ma non volevo sembrarle troppo pesante e allora sono rimasto fermo, immobile, un po' rigido, e poi l'ho abbracciata anche io. Amavo infilare il naso nei suoi capelli, sentire quell'odore di frutta che mi riempiva i polmoni. C'è un ragazzo che cammina nel corridoio, con le mani tocca tutti i sedili e passando guarda la gente che dorme, avrà quindici o sedici anni, più o meno. Una signora, nelle prime file, si agita, si gira, si alza, quasi, come quando si rimane un po' seduti e un po' in piedi, forse è la madre che lo sta cercando. Be', questo ragazzo ha la maglietta di quel gruppo che cantava quella sera mentre Silvia mi abbracciava. *Il mondo prima che arrivassi te, il mondo prima che arrivassi te, il mondo prima che arrivassi te.* Quello doveva essere il ritornello, lo conoscevano tutti tranne noi, e di mondi prima con lei ce ne erano stati parecchi. Il mondo prima di averla vista, il mondo prima di parlarci, il mondo prima di baciarla con la bocca che sapeva di gelato, il mondo prima di farci l'amore per la prima volta, che era anche il giorno in cui ho cominciato a capire che mio padre viveva anche in un mondo parallelo, che forse, pensavo, era quello che lo faceva sopravvivere con noi. Quel giorno l'unica cosa che volevo fare era chiamare mio padre e chiedergli perché non ci aveva detto nulla della fuga di gas, di quei cani che aveva salvato: anche se era una cosa da niente, provavo fastidio, sentivo che ci aveva tradito, visto che lui e mia madre mi avevano cresciuto nell'idea che in una famiglia non ci sono segreti, ci si dice tutto, anche le cose senza importanza. Mia madre ci è rimasta male quando me ne sono andato. Altre ventiquattr'ore d'inferno, altre ventitré, vabbè, fa lo stesso. Mi ha fatto un sorriso forzato, lo stesso che faceva nelle foto in posa in cui non era felice. Quando sono uscito mi sono accorto che il cielo era pieno di nuvole col flash, così le chiamava mio nipote, le nuvole che lampeggiavano e che quel giorno avevano accompagnato l'arrivo della sera. Veniva giù una pioggia finissima, ho aspettato che smettesse fumando una sigaretta sotto una grande tettoia in marmo, in cima alle scale, davanti all'entrata principale. Certo che qui ogni ingresso, pensavo, ha la sua area fumatori. La pioggia aumentava, ho visto mio padre che saliva le scale di corsa, riparandosi dentro la giacca, Come sta mamma?, mi ha chiesto, pettinandosi un po' i capelli con le mani. Meglio, ho risposto io. Come ci si sente a essere degli eroi?, avrei voluto chiedergli, e invece nulla, ho lasciato che il silenzio avesse la meglio, come sempre tra noi, che al massimo fosse lui a dirmi qualcosa e io a rispondere. Stanotte rimango qui, mi ha detto lui, tu tutto ok? Sì sì, ho risposto io, tutto ok. E poi è svanito in quel viavai di camici blu e bianchi e di porte scorrevoli. Ho chiamato Silvia per dirle che quella sera avevamo casa libera. La mia voce squillava, facevo di tutto perché squillasse, anche se i miei non erano partiti, non erano andati in vacanza, avrebbero dormito nella stessa stanza ma non nello stesso letto, mia madre avvolta in quelle lenzuola leggere e bianche, mio padre seduto su una poltroncina vicino alla finestra che si era fatto portare apposta per quella notte. Sentivo il bisogno di distrarmi, di pensare anche a me, a noi, alla nostra vita insieme. Oltre alla pioggia ci si era messo anche il vento, che tirava fortissimo, faceva volare le foglie, le buste di carta, e i tuoni, quelli profondi, più rumorosi, facevano scattare gli allarmi dei motorini. Il vento portava con sé un'aria diversa, che veniva da chissà dove, che sapeva di fine del mondo. Era sempre così a Roma quando c'era vento e pioveva forte. Qualcuno aveva anche scritto che Roma in fondo era il posto ideale per assistere alla fine del mondo. Che poi io mica lo sapevo che odore aveva, l'avevo letto da qualche parte, un misto di incenso, zolfo, terra, carne bruciata e sangue, come se qualcuno da qualche parte l'avesse provata davvero la fine del mondo. Fuori il rumore della pioggia era simile a quello di un vinile che gracchia, poco prima che cominci la musica. Silvia si guardava intorno, Ah, diceva, tu compri ancora i dvd. Sì, rispondevo io, fino a lì sono in ordine alfabetico, poi non mi andava più e li ho messi uno sopra l'altro. In ordine alfabetico senza contare l'articolo, mi ha detto lei ridendo. Sì, dicevo io, è una cosa che ho imparato al Blockbuster. E questi, mi chiedeva, li hai letti tutti? Guardava i libri, sfiorava alcuni bordi con le dita e inclinava la testa per leggere i titoli. Quasi, ho risposto io, e lei mi ha guardato come si guarda un bambino che ha appena detto una mezza bugia. Aveva un vestito verde chiaro con dei fiorellini piccoli blu e bianchi, chiuso davanti e con un leggero spacco al centro della schiena. Quella sera si era fatta la treccia. Anche Aurora, credo si chiamasse così, il mio primo bacio, portava sempre la treccia. Avevamo entrambi otto anni ed eravamo sulla spiaggia, al Circeo, una spiaggia infinita, sembrava che la sala giochi e l'ombrellone dei miei tra loro fossero distanti chilometri. Ogni anno lo stesso stabilimento, lo stesso ombrellone, la stessa cabina numero 9. Forse è lì che ho capito cosa fosse un'abitudine, è lì che mi sono distratto davvero per la prima volta, che una voce piccola mi ha detto A che livello sei arrivato? Io arrivo sempre a quello con le bolle blu che fanno una 'V' e poi perdo, io mi sono girato e ho visto Aurora, i suoi capelli castani, la pelle chiara leggermente abbronzata, un po' più alta di me, con due occhi verdi molto più verdi delle bolle verdi di puzzle bobble. Un giorno avevo preso di nascosto le chiavi della numero 9 dalla borsa di mia madre. Io e Aurora, lì dentro, imitavamo i grandi della realtà e quelli dei film, che si avvicinano piano piano e poi aprono leggermente la bocca, e io la stringevo e le toccavo il petto, che a quell'età è un po' come toccare una parte del braccio o accarezzare la pancia. Ho visto che c'era il materassino, poggiato in verticale accanto alla doccia, e allora l'ho preso e l'ho messo a terra così che potessimo sdraiarci. Tu l'hai mai fatto?, mi ha chiesto lei. No, e tu?, le ho chiesto io, e lei ha scosso la testa. Abbiamo continuato a baciarci, le nostre lingue piano piano cominciavano a seguire lo stesso ritmo, a sfiorarsi, spingersi, per poi lasciarsi andare, come fosse una cosa naturale. Poi qualcuno ha bussato. Giulio sei tu?, era la voce di mia madre. Io e Aurora ci siamo fermati, avevamo i primi imbarazzi del mondo nei nostri occhi, e io le ho detto di scappare via a gambe levate non appena avessi aperto la porta. Così è stato. Io e Aurora, poi, non ci siamo più baciati, fino a uno degli ultimi giorni d'agosto, i miei stavano svuotando la cabina per tornare a Roma e io me ne stavo seduto sull'altalena, a metà tra la sala giochi e gli ombrelloni. Lei è venuta per salutarmi, guardava a terra, aveva le guance rosse, il sole non c'entrava. Mi ha dato un bacio a stampo, velocissimo, non ho fatto neanche in tempo a sentire le sue labbra, e poi è corsa via. Eric è stato il primo a sapere della mia prima volta. Stavamo tornando a casa, in motorino, e ci siamo dovuti fermare sull'Olimpica, davanti a uno degli ingressi di Villa Pamphili, voleva che gli raccontassi tutto dall'inizio alla fine. Lui si era messo le mani nei capelli, sulla bocca, rideva, mi abbracciava, e mi chiedeva Come ci si sente, eh? Come ci si sente? Mah, più o meno uguale, rispondevo io ridendo. Quasi dieci anni dopo, se me l'avesse chiesto ancora, dopo che avevo fatto l'amore con Silvia, avrei risposto diversamente. Niente sarebbe stato più o meno uguale a prima. Mentre lei si guardava intorno, Mi piace Chagall, diceva, Questo che film è? Mi sa che non l'ho visto, eppure lui è uno dei miei registi preferiti, io le ho toccato la spalla e lei si è girata, come se non aspettasse altro, e abbiamo cominciato a baciarci senza pause leccandoci tutti dalle labbra al collo alle orecchie per poi tornare alle labbra, io cercavo un bottone, qualcosa, sulla schiena, per aprirle il vestito, ma lei ha fatto un mezzo passo indietro e se l'è tolto da sotto, come fosse una maglietta qualsiasi. Così è più facile, ha detto. Il piercing all'ombelico, non ero mai stato con una ragazza che aveva il piercing all'ombelico, i seni che sembravano più piccoli, lei era magra e in più non si scopriva mai, e invece erano grandi, una terza, forse, stavano su ma erano morbidi, mi solleticavano il petto e mi riempivano le mani. Come quelli delle vallette che si vedevano in tv, però quella era tutta carne, niente plastica. Sotto, un triangolo piccolo, una piccola freccia verso il basso, con lei che si agitava mettendomi le mani nei capelli e tappandomi le orecchie con le cosce. Poi scendeva lei, sapeva cosa fare, e ogni tanto alzava lo sguardo, le piaceva sentirsi osservata. Poi sono entrato, sono stato dentro per un po', ogni tanto uscivo per non venire, sì, ma anche per ricominciare tutto da capo, per farmi spazio, di nuovo, e rimanerci. Quella volta sono venuto solo io. Con il tempo ho scoperto che Silvia poteva venire solo quand'era girata, piegata, a pancia in giù, con le ginocchia poggiate sul letto e io dietro, aveva l'utero retroverso, diceva lei. Quando veniva stringeva tutto quello che le capitava tra le mani, cuscini, lenzuola, le mie braccia, a volte le mie gambe quando si tirava un po' su con la schiena. A volte la mia pelle la cercava anche solo per graffiarmi. Dove vengo? Dove posso venire?, le chiedevo io. Dove vuoi, diceva lei, anche dentro. Anche dentro? Prendi la pillola? E lei la prima volta non aveva detto né sì né no, aveva solo annuito. Solo qualche settimana dopo mi aveva detto che non prendeva la pillola, non perché la facesse ingrassare, ma perché aveva delle reazioni strane, e una volta era persino svenuta. Io ero sbiancato, pensavo Ma come, e adesso, che si fa? Pensavo alle battute che mi faceva mia nonna, dopo aver visto mio fratello con un figlio e mia sorella che sembrava un canguro, Adesso tocca a te, mi diceva, e io ridevo, le dicevo Vabbè, nonna, c'è tempo. Non potevo capire davvero cosa stesse succedendo dentro di me. Ero preoccupato, sì, potevo giocare con i figli degli altri, fingermi padre per un po', ma solo quello. Ma pensavo anche che così, forse, sarei stato per sempre insieme a Silvia, se non proprio insieme, fidanzati, sposati, comunque avrei fatto parte della sua vita per sempre. Però ho messo la spirale, mi ha detto lei. In quel momento il cuore mi è salito nella gola e non riuscivo più a deglutire, a mandarlo giù. Non solo perché se ero lì accanto a lei aspettando di rifarci l'amore era proprio perché mia madre si era messa la spirale, ma anche perché l'unica donna che conoscevo che aveva messo la spirale, oltre a Silvia, era proprio mia madre. Non avevo il coraggio di farmi vedere così, mi veniva quasi da mettere una mano sulla gola per nasconderla, perché si era gonfiata, perché in quel momento lì c'era anche il mio cuore che non andava giù. Quindi quasi mi vergognavo a star male, a mostrare che sì, spesso pensavo a mia madre, che anche la spirale mi aveva fatto pensare a lei. Non ce l'ho fatta, mi è scesa una lacrima che è arrivata fino all'orecchio. Una lacrima che sembrava calda, mi faceva quasi il solletico. Adesso perché piangi?, mi aveva chiesto lei con aria scocciata, era la prima volta che la sentivo così. Quella sera era stanca, aveva studiato tutto il giorno, doveva aver discusso con la madre, dentro di lei, forse, non c'era più spazio per me, per le mie storie, per i miei ricordi, e ha risposto con una battuta che mi ha gelato il cuore, per poi dirmi che stava scherzando, di non prendermela, che aveva avuto una giornata un po' così: Come ti senti che la donna della tua vita l'ha sposata tuo padre?

Ma non quella sera, quella sera una domanda così non me l'avrebbe mai fatta. Forse perché in fondo eravamo ancora due estranei, due estranei che ogni tanto si guardavano e si dicevano Sai, mi sembra di conoscerti da sempre. Quella sera che poi è diventata notte e abbiamo fatto l'amore tre quattro cinque sei volte abbiamo perso il conto e io che pensavo che era una cosa che si faceva solo da adolescenti, quella di farlo tutte quelle volte una dietro l'altra, ma poi ho capito che si può fare sempre. Ci siamo addormentati nudi e al risveglio l'abbiamo fatto di nuovo. Lei dormiva sul fianco, rivolta verso il muro, si metteva sempre lì quando veniva a dormire da me. Mi si era addormentato il braccio destro, non lo sentivo più, ci avevo poggiato la testa chissà da quanto, l'avevo nascosto forse per farle un po' di spazio, pensavo a lei anche mentre dormivo. Sentivo la mia stanza dopo di noi, tutti i nostri respiri, le cose che ci eravamo detti all'orecchio mentre facevamo l'amore, le urla, lei che mi diceva di continuare, che mancava poco, io ce la mettevo tutta ma alla fine cedevo e a lei veniva da ridere. C'era odore di chiuso, sì, ma era un odore di chiuso buono, caldo, dolce, come quando io e lei camminavamo la notte per tornare alla macchina e all'improvviso sentivamo nell'aria quell'odore di pane, di cornetti, di crema, e in una via che sembrava tutta addormentata spuntava la piccola luce di un forno. Quella mattina mi sono girato verso di lei, ho guardato la sua schiena magra, bianca, i contorni delle scapole e in basso le fossette leggermente accennate, una costellazione di piccolissimi nei che più li guardavo e più mi sembravano figure geometriche. Avrei voluto svegliarla, dirle tutto quello che mi girava dentro, che miracolo che era averla lì, accanto a me, nel mio letto, nella mia stanza che non era mai stata così grande, la mia stanza che le stava così bene addosso, avrei voluto dirle Guardami, amore, non mi vedi un tantino diverso, cambiato, guardami, dai, non sono più io, sono io dopo aver fatto l'amore con te dopo aver dormito con te dopo essermi svegliato accanto a te quindi non sono più quello di ieri, non sarò più quello che ero prima. Avrei voluto chiamare Eric per chiedergli di farmi la stessa domanda che mi aveva fatto dieci anni prima, Come ci si sente?, e io non gli avrei più risposto Mah, più o meno uguale, quella mattina gli avrei detto che mi sembrava tutto più facile, o comunque meno complicato, che mi sentivo più leggero, non solo in senso figurato, metaforico, ma proprio più leggero come peso, sulla bilancia, in fondo una parte del cuore l'avevo data a lei, e anche più giovane, come quando stavo al liceo, come su quel materassino al mare dentro la cabina numero 9. Dal suo respiro, ho capito che si stava svegliando, anche se non l'avevo mai vista svegliarsi prima. Il braccio era tiepido, la spalla era fredda, la toccavo con la punta del naso e poi con le labbra, mi sono perso a cercare le piccole parti del collo che non erano ancora nascoste dai capelli, abbiamo fatto di nuovo l'amore un po' in dormiveglia, un amore rapido senza baci e senza girarci o guardarci davvero negli occhi, solo per ritrovarci, per rimetterci a fuoco, per sentire che eravamo lì, in carne e ossa, vivi, appena svegli.

14

Abbiamo fatto colazione, lei voleva il latte macchiato e mi guardava mentre preparavo il caffè. Poi si è girata verso la credenza e ha detto Che buoniii, e ha fatto un piccolo scatto, mettendosi quasi in punta di piedi per prendere i pan di stelle. Le ho fatto vedere il terrazzo, che ormai somigliava più a una grande foresta, che girava tutto intorno alla casa e sembrava come il lungotevere in miniatura. Quando siamo rientrati mi ha chiesto dove fosse la stanza dei miei, gliel'ho indicata e lei mi ha chiesto perché ci fossero due stanze in più. Be', le ho detto io prendendola per mano, prima qui eravamo in cinque. Le ho fatto vedere tutte le stanze, quella di mio fratello che era diventata la mia, quella mia che era tipo una stanza degli ospiti e quella di mia sorella che era diventata più o meno lo studiolo di mio padre. Cioè lì ci mette le sue cose, le ho detto io, documenti, eee... Ah, lì ci sono anche gli album di famiglia, ecco, è una sua fissa, un po' come le piante. E li fa ancora gli album?, mi ha chiesto lei. No, le ho detto io, non credo. È un peccato, mi ha detto lei. Eh, sì, ho risposto io. Dopo mi fai vedere uno di quegli album?, mi ha chiesto lei, ci sono anche delle foto in bianco e nero?

Lo sai che io lui l'ho visto dal vivo, te l'avevo raccontato?, mi ha detto lei, incantata davanti a una foto di un film di Truffaut. Eravamo tornati nella mia stanza, lei la guardava come fosse in un museo, durante una visita privata, una di quelle visite che capitano una volta nella vita e si possono fare anche vestiti com'era vestita lei quella mattina, con una mia maglietta che le copriva appena la biancheria, scalza, o quasi, cioè senza scarpe ma con dei calzini leggeri un po' spiegazzati intorno alla caviglia. Léaud?, le ho detto io, no, non me l'avevi detto, quando l'hai incontrato? In quella domanda, in quel "te l'avevo raccontato?", dopo un po' di tempo che stavamo insieme, che eravamo abituati a noi, avrei visto di tutto, dal suo essere altrove quando stava con me al fatto che in fondo non è che fossi così importante per lei, che ero diventato uno come tanti, e le cose che raccontava a me erano cose che raccontava a tutti. Invece quella mattina non ci avevo fatto troppo caso e allora lei si è sentita libera di raccontarmi tutto quello che le era passato nella testa e nel cuore e in fondo agli occhi davanti a quella foto, del suo ex che era quello che aveva visto al MAXXI con cui non si erano lasciati bene, che era di origine francese e anche lui aveva i genitori separati, Silvia diceva che quella era stata la prima cosa che li aveva avvicinati davvero, a pensarci bene, non voleva dirmi come si chiamasse ma solo che il nome iniziava per A, che la madre di A viveva a Parigi e faceva la restauratrice, una donna altissima, che con il figlio era sempre stata molto fredda, e che odiava Silvia, tanto che si davano sempre del lei... Questo è *Baci rubati*, no?, mi ha chiesto lei. Sì, le ho detto, è *Baci rubati*, Antoine Doinel, Antoine Doinel, Antoine Doinel! E lei rideva, dicendo che amava quel film, che amava tutta la saga di Doinel, come lo pronunciava bene, Duanèl, sembrava francese, era come ascoltare quel nome per la prima volta. Certo che la traduzione italiana di *Domicile conjugal* è terribile, no?, diceva. Sì, rispondevo io, *Non drammatizziamo... è solo questione di corna*, e quante volte l'avremmo fatto quel discorso sulle traduzione italiane dei titoli stranieri, mettendoci in mezzo sempre *La donna che visse due volte, Se mi lasci ti cancello, Prima ti sposo poi ti rovino*. Ma quindi quand'è che l'hai visto dal vivo

Doinel, cioè Léaud?, le ho chiesto io, e intanto guardavo quella foto di scena in cui Doinel se ne stava in pigiama davanti allo specchio e stringeva il pugno e faceva gli occhi da matto, sembrava che ce l'avesse con me, come a dirmi E dai, Giulio, sii forte, cerca di tenere il punto ogni tanto. Ah, giusto, aveva detto Silvia, io e A un giorno che faceva freddissimo, sai quell'aria fredda di Parigi, no, che ti entra nelle ossa, io avevo la sciarpa che arrivava fino agli occhi, quasi non ci vedevo, insomma quel giorno abbiamo visto che c'era una retrospettiva su Truffaut in un piccolo cinema a Montparnasse, cominciava nel tardo pomeriggio, davano tutti i film della saga di Antoine Doinel, persino il cortometraggio, *Antoine e Colette*, e a presentarli c'era proprio Doinel, cioè Léaud. Che bello, avevo risposto io a bassa voce, non volevo interromperla. Non sai quant'era invecchiato, mi raccontava Silvia, non puoi immaginare, però sotto c'era ancora Antoine Doinel, quel ghigno, vabbè comunque si era messo a raccontare un po' di cose, il suo provino con Truffaut, il personaggio, che gli aveva cambiato la vita, e noi, io e A, pensavamo di vedere i primi due della saga, compreso il corto, e poi di andare via, anche perché li conoscevamo a memoria, però non sai che è successo, Léaud non è che ha parlato, come fanno tutti, e poi è andato via, no, lui è rimasto in sala e indovina vicino a chi si è seduto? Vicino a me! Quindi siamo rimasti in quella sala per tipo otto ore di fila, con Léaud che già al secondo film russava, era proprio *Baci rubati*, cioè ti rendi conto che scena?

Quello è Bill Murray, ha detto lei, che film è? *Broken Flowers*, ho risposto io. Non l'ho visto, di che parla? Eh, praticamente a Bill Murray un giorno arriva una lettera di una sua ex in cui gli dice che lui ha un figlio, ormai grande, e allora lui fa una sorta di viaggio nel passato e va a trovare tutte quelle con cui è stato per capire chi gli ha mandato quella lettera, chi è la madre di suo figlio, insomma. Mi piace quando mi racconti le cose, mi ha detto lei, perché gesticoli un sacco, inspiri, ritiri un po' le labbra, poi diventi tutto serio, sei buffo, e intanto mi imitava e a me veniva da ridere, cercavo di immaginarmi nei suoi occhi. Le piaceva prendermi un po' in giro. Sei un romanticone, diceva, guardandosi intorno. Quella mattina guardavo Silvia nella mia maglietta lunga, una maglietta grigia che io usavo solo per dormire perché era troppo grande, che davanti aveva la copertina di un disco dei Cani con la faccia stilizzata di Pasolini che aveva gli occhi coperti dalla scritta GLAMOUR, mentre la guardavo vivere nella mia stanza, che si guardava intorno e in un attimo vedeva tutto quello che avevo visto, letto, ascoltato, ricevuto, comprato, vissuto in vent'anni, ecco, volevo fare colpo su di lei ma avevo paura, paura che quello che ero stato in fondo non le piacesse poi tanto, che mi vedesse come uno distratto, come un bambino, forse anche perché avevo lasciato accanto ai libri un piccolo spazio per i giocattoli, c'era Buzz Lightyear che sorrideva con un pulsante sul petto che in inglese diceva *Verso l'infinito e oltre* ma non lo diceva più da molto tempo, un tamagotchi spento, le vecchie sorprese degli ovetti kinder tipo i coccodritti e i fantasmini fosforescenti, un distributore di m&m's vuoto, una foto di me bambino seduto sulle spalle di mio padre con dietro un po' sfocata la ruota panoramica tutta illuminata. E in quel chiedermi chissà cosa penserà di me, se le piacciono i miei film, i miei libri, se sono abbastanza per lei, se la mia stanza somiglia un po' alla sua, c'erano tutte le piccole grandi cose che avevo visto negli altri, mio fratello che mi copriva gli occhi mentre spuntava *It* dentro al tombino o che mi faceva stare seduto a giocare sul letto mentre lui studiava, mia nonna senza patente che prendeva due autobus solo per portarmi fuori e comprarmi le figurine, Eric che il primo giorno di scuola mi guardava e poi guardava il posto libero accanto a lui come per dire se vuoi puoi sederti qui, che qualche anno dopo avrebbe preso a pugni uno che prendeva in giro mia madre che stava in ospedale o che mi avrebbe fatto baciare quella che piaceva a me anche se la bottiglia era più verso di lui. E tutte queste cose ci sarebbero state anche dopo, dentro di me, anche quando mi sarei messo a parlare con Siri, nell'incontro con la libraia a Trastevere, alla festa per il ritorno di mia madre e poi a casa con i miei e con Silvia a guardare Truffaut, anche guardando per la prima volta quel video che ha cambiato tutta la mia vita, la mia vita di prima che non tornerà più, anche adesso, che quasi tutte le luci sono spente, che fuori è buio e non si vede neanche una nuvola, che mi guardo intorno, che come sempre sono l'unico sveglio, sono nato alle tre di notte, è normale, aveva ragione mia madre, adesso che gli altri dormono e io li vedo dormire, anche se dormire, come mangiare, esultare, piangere, abbracciarsi, salutarsi, è una cosa così intima, a volte è strano pensare che tutte queste cose le facciamo di giorno e di notte davanti a tutti, adesso io li guardo che dormono e mi viene da pensare che la mia nuova vita arriverà con il giorno e sarà tutto diverso, nuovo, come fosse il mio primo giorno nel mondo, e io ho paura perché sono solo, non ho idea di quello che mi aspetta.

15

Io non ce l'ho una foto così, mi ha detto lei quella mattina. Quale?, le ho chiesto io, e lei mi guardava indicando la foto di me e mio padre con dietro la ruota panoramica. Mi sono avvicinato a lei e mi sono accorto che il cielo in quella foto era violetto. Dov'eravate?, mi ha chiesto. Credo al Luneur, le ho detto io. Lei mi ha sorriso, poi ha abbassato improvvisamente lo sguardo, come se non riuscisse a tenere gli occhi aperti, a tenerli asciutti. Ah, mi ha detto, e tu che giochi facevi? Eh, mi ricordo il rotor, ho risposto io, credo si chiamasse così, tu eri come in una stanza circolare, con la schiena attaccata alla parete, sotto si apriva il pavimento ma c'era tipo una centrifuga che girava velocissima e quindi rimanevi attaccato alla parete, non potevi cadere giù, poi c'era la casa dei fantasmi che non mi ha mai fatto paura, però, neanche quand'ero piccolo, il crazy dance, dove tu stavi su una sorta di navicella spaziale che girava su se stessa con una musica altissima, ti veniva un po' da vomitare, e poi vabbè il tagadà, te lo ricordi? Non ho ancora capito cosa fosse in realtà, se un disco volante o una pista da ballo, però era incredibile, c'erano delle panchine ai bordi con delle ringhiere, tu dovevi sederti lì e reggerti, noi non lo facevamo quasi mai, provavamo a rimanere in piedi in equilibrio mentre quella pista girava e faceva su e giù da una parte all'altra, cadevamo quasi sempre. Mi ricordo che ero felice di raccontarle tutte quelle storie, ma avevo una paura matta di farle la stessa domanda. Era come quando incontri una persona, ti presenti, stringi la mano, ci parli e dopo un po' ti accorgi che nomina solo suo padre, oppure solo sua madre, oppure non nomina i genitori, ti parla degli zii, dei nonni, e tu hai una paura matta a chiedere cose come E i tuoi, quanti anni hanno? Che lavoro fanno? Ecco lì, per me, quella mattina era più o meno la stessa cosa. Avevo visto il suo sguardo, i suoi occhi abbassarsi, toccare terra e rimbalzare all'insù come le palline di gomma che vincevamo da bambini in quei giochi con i labirinti pieni di buchi. Avrei scoperto tutto dopo, davvero, come un fucile appuntito che ti si infila nel petto, te lo squarcia e ti porta via il cuore. Come quel gioco al luna park dove il pavimento si apre, viene giù, solo che per una volta non c'è nessuna centrifuga o giro strano che possa salvarti. E quel giorno, anche se non so se proprio quel giorno, forse in macchina, passando davanti a quella ruota panoramica ormai spenta, grigia e piena di ruggine, o forse in una delle sue poesie, quando parlava di quelle "superga bianche un po' ingiallite", o forse una sera, a teatro, cioè dopo il teatro, che a entrambi ci era rimasta impressa una frase di quello spettacolo dove c'era uno che parlava con se stesso, era un monologo, e diceva Ho avvertito il dolore... e che gli ha detto? Eh, gli ho detto di non tornare, ecco, anche io e Silvia avvertivamo sempre il dolore ma quello poi ogni tanto tornava, faceva di testa sua, insomma una di quelle volte che il dolore era tornato dentro di lei mi ha raccontato di un sabato, uno di quei sabati destinati a rimanere nel tempo, di lei che era piccola, faceva la prima elementare, e aspettava quel sabato da sei giorni, dal lunedì, anzi, dalla domenica sera, da quando il padre prima di salutarla le aveva promesso che sabato l'avrebbe portata al luna park. Lei che era piccola, che credeva a tutto quello che le diceva il padre, non poteva immaginare che quel sabato l'avrebbe aspettato per sempre. Chissà cosa le passava per la testa e per il cuore seduta a prendere freddo su quelle scalette, a guardarsi intorno, a sperare ogni volta che dentro quella macchina che si accostava ci fosse suo padre. Forse si sarà dimenticato che oggi uscivo prima, pensava, adesso arriva, ne sono certa, le bugie si possono dire una, due volte, mica sempre, è una regola, si sa che è così, adesso arriva, così lunedì lo racconterò a tutti, vado anche nella casa dei fantasmi, nessuno ha avuto il coraggio di entrarci, io invece ci entro, tanto sono finti, mica esistono i fantasmi, tanto c'è mio padre accanto a me. Poi non lo so cos'è successo, se qualcuno mi avesse detto che il pomeriggio non l'avrei passato con Silvia io non gli avrei creduto, l'avrei preso per matto, gli avrei chiesto Oh, ma non ci vedi come siamo belli? Non vedi come stiamo bene insieme? Immaginavo il pranzo, così, improvvisato, con quello che avremmo trovato nel frigo, poi a fare l'amore, di nuovo, chissà quante volte, uscire, camminare senza meta, perdersi per Roma, ancora un po' accaldati, con i capelli sconvolti, messi in ordine di corsa nello specchio dell'ascensore. Magari passare anche da mia madre, così, per farle un saluto, nonostante la timidezza di entrambe, mia madre che si vergogna a farsi vedere così, Silvia che si vergogna perché non sa che dire e perché sa che mia madre si vergogna a farsi vedere così. Ancora adesso, se mi rivedo su quella poltrona bordò dove si è sempre seduto mio padre, da solo, a parlare con Siri, proprio come mio padre, ecco, non riesco a riconoscermi, a capire cosa sia successo quel giorno. Eravamo nello studiolo di mio padre, mi faceva impressione, lì dentro, a parte il letto che era lo stesso in cui dormiva mia sorella, era cambiato tutto. Le pareti erano state imbiancate, mi sembrava di vedere ancora le scritte, le frasi che mia sorella sottolineava nei libri e poi ricopiava sul muro, mettendo l'autore in basso tra parentesi. Quando ho cominciato anch'io a leggere, ero l'unico che poteva aggiungere qualche frase su quei muri pieni di citazioni. Mia sorella amava Gauguin, aveva appeso qualche stampa, come quella famosa con le due donne tahitiane sedute in silenzio, una che guarda in basso o ha gli occhi chiusi e l'altra che guarda chissà dove fuori dal quadro, con i loro vestiti colorati di bianco, rosso, malva, la loro pelle olivastra. Ora invece al loro posto c'erano i disegni di mio padre.

Questi chi li ha fatti?, mi ha chiesto Silvia. Mio padre un po' di tempo fa, le ho detto io. Tuo padre disegna anche?, mi ha chiesto lei con un'aria sorpresa, sono bellissimi. E io le ho risposto che sì, mio padre quand'era giovane disegnava, prendeva delle tele bianche e con un pennarello nero faceva dei ritratti, ed era anche bravo. Non sapevo bene il periodo, l'ultimo doveva essere un ritratto di mia madre incinta di mio fratello, quando lui e mia madre erano solo una coppia, erano ancora soli, ecco, senza noi tre. Mio padre disegnava solo i contorni, e in quel ritratto mia madre era nuda, con i capelli mossi, una mano sulla pancia, e sembrava felice. Guardavo quei quadri, che avevano preso il posto delle stampe di Gauguin, mentre Silvia guardava la fila dei cd e dei vinili, diceva a bassa voce Beatles, Rolling Stones, Simon & Garfunkel, Equipe 84, Area, Popol Vuh, De Gregori, Pink Floyd, Venditti, Sting, Battiato, De André, i Residents... Peccato che tuo padre è già sposato, ha detto lei ridendo, vabbè, mi accontenterò del figlio, va. La mettiamo questa? Ti va? Che c'è, sei arrabbiato?, mi ha chiesto lei. Arrabbiato? No, no, perché dovrei essere arrabbiato?, le ho detto io, Mettila, sì, quella piace molto anche a me. *Valle Giulia ancora, brilla la luna e Paola prende la mia mano, caduta per sbaglio sui nostri vent'anni, tesi come coltelli, come fratelli, perduti, forse, quiii...* Silvia, in piedi sul letto, si muoveva a ritmo, in un attimo eravamo negli anni Ottanta e quella stanza sembrava un piccolo grande jukebox dove lei ballava e si guardava intorno e scopriva delle cose per la prima volta e io passavo dalla gelosia al perdono, dall'idea che Silvia non sarebbe mai stata veramente mia a me e lei felici e leggeri che saremmo rimasti insieme per sempre. Poi ne ha messi altri, come fossimo finiti davvero in un jukebox, e si è fermata per guardare alcune vhs che aveva conservato mio padre, ridendo perché molte erano registrate e avevano quell'etichetta bianca sul bordo un po' ingiallita con il titolo scritto con il pennarello rosso. Poi è scesa dal letto, si era accorta che sopra gli album di famiglia c'erano altri piccoli quadri che aveva fatto mio padre. Che meraviglia, ha detto, incantata su uno in particolare, tanto che l'aveva tolto dal muro per guardarlo più da vicino. In quei piccoli quadri, gli unici quadri dove mio padre aveva usato il colore, c'era sempre lo stesso soggetto, un paesaggio di mare, che doveva essere Positano, e quello che Silvia teneva in mano era pienissimo di colori, come se mio padre avesse usato tutta la tavolozza, in primo piano c'era un davanzale con delle piante verde pastello, verde menta, verde foresta, verde marino, da cui spuntavano delle rose rossissime e delle piccole margherite, alcune bianche e alcune rosa, e da lì bastava alzare un po' lo sguardo per perdersi, a destra una città fatta di piccole case bianche gialle arancioni e a sinistra il mare celeste azzurro blu elettrico pieno di barche. Silvia guardava quel piccolo quadro e le veniva da chiudere gli occhi, da mettersi gli occhiali da sole che cominciava a venir su un po' di vento che le spettinava i capelli e li faceva volare all'indietro, sembrava che volesse chiudere gli occhi per respirare meglio e sentire dentro di sé l'odore del mare. *Il cielo, il sole, il mare*, sussurrava Silvia guardando le foto, *sdraiato sulla spiaggia, i capelli negli occhi, il naso nella sabbia, entrambe le cose, l'estate, le vacanze, mio Dio che fortuna*. Aveva messo un vinile di Sacha Distel e Brigitte Bardot, che cantavano insieme nel ritornello, in francese, e a Silvia le veniva spontaneo di tradurla per me perché capissi davvero cosa dicevano quei due, per non farmi sentire escluso. Mi aveva preso anche in giro, prima di mettere quel disco, che se lo nascondeva dietro la schiena, mi aveva detto Senti, secondo me potrebbe piacerti, e poi si era messa a ridere. Perché ridi?, le ho chiesto. Già non ti ricordi più?, mi ha chiesto lei, è la stessa cosa che mi hai detto tu quando eravamo in metro, quella volta mi hai fatto ridere. Perché?, le ho chiesto io. Perché era tipo la prima volta che uscivamo insieme, mi ha detto lei, come facevi a conoscere i miei gusti? Vicino agli album c'erano delle fototessere incorniciate, mio padre con me che avrò avuto un anno o giù di lì, mio padre e mio fratello che avrà avuto sei o sette anni che facevano le smorfie, e accanto delle piccole foto, mio padre e mia madre abbracciati chissà dove, mia madre che portava il passeggino con dentro mia sorella che stava lì lì per piangere, mio padre che mi teneva per mano prima di uscire, io con il solito caschetto biondo, una maglietta rosso porpora con un lupetto sul cuore e la scritta BARILLA sul petto. Andavi allo stadio?, mi ha chiesto lei, a me piace guardare le partite. Mah, ho risposto io, ci sarò andato un paio di volte, è mio padre il vero tifoso. Rivedendomi lì, con quell'aria un po' scocciata, mi sono tornate in mente alcune immagini, io che guardavo il cielo e sentivo la gente che cantava mentre salivo le scalette, alzarsi in piedi e poi sedersi e poi alzarsi e poi sedersi neanche fossimo a messa, mio padre che mi indicava i calciatori, e poi la macchina, mi ricordo che l'aveva parcheggiata lontanissima, che ogni dieci secondi gli chiedevo Quanto manca? Siamo vicini?, che a metà strada mi trascinava perché cominciavo a fermarmi e a piegare le gambe. Poi Silvia ha sfilato il primo album, verde scuro con dei ricami dorati sopra, sul bordo c'era un'etichetta bianca con scritto 1, il loro primo album di foto, le prime foto della loro storia, della nostra storia, anche se io e i miei fratelli ancora non eravamo nati. Si passava dalle prime foto, in bianco e nero, alcune polaroid, a quelle a colori, ancora un po' sbiaditi, con una luce strana, come una patina, che aveva qualcosa di magico. Una signora seduta per strada, forse mia nonna, che cercava di tenere buono un bambino, forse mio padre, che sembrava aver visto qualcosa, e piangeva perché non poteva raggiungerlo. Un bambino che si faceva il bagno all'aria aperta, poi mio padre a tre o quattro anni che si affacciava e faceva una linguaccia da uno di quei tubi grandi che si trovano nei prati, che per i bambini sono come delle gallerie, dei nascondigli. In poche pagine i miei diventavano grandi, mia madre sorrideva al mare dentro ai suoi costumi interi, mio padre che fingeva di tuffarsi da uno scoglio altissimo. Prima soli, in famiglia, poi le loro famiglie sparivano e arrivavano le foto di loro due abbracciati, mia madre con dei maglioni a righe, il trench, o dei vestiti lunghi, senza maniche, con i bottoni, sotto cui metteva delle magliette con le maniche lunghe, mio padre con la cravatta o senza, ma sempre con la giacca, la giacca elegante di un completo, e a volte ci metteva sotto dei maglioni a collo alto. Quando scattava una foto mia madre tagliava sempre le gambe o almeno i piedi, mio padre invece era distratto e anche in foto che sarebbero state belle, davvero, a volte non ci faceva caso e lasciava scivolare il dito sopra l'obiettivo, e nascondeva un po' il cielo. Ma questo è tuo padre?, mi aveva chiesto Silvia. Eh, sì, le avevo risposto io. Ma sei tu, diceva lei, guarda gli occhi, stesso fisico, però tu sei più bello. L'aveva detto, sì, ma non sembrava molto convinta. Avevo la sua faccia di quand'era giovane, quando mi entrava il sole negli occhi e sembrava che ridessi, quando fumavo, quando guardavo Silvia e mi venivano gli occhi innamorati, quando mi mettevo in posa. Solo che a lui quella faccia stava meglio, non sembrava che provasse mai imbarazzo, era più sicuro di me, come a dire Ecco, vedete, questa è la mia faccia, è questa qui, non ce ne sono mica altre così in giro.

Poi è successo tutto così in fretta. Eravamo sull'altalena, come sempre, cioè almeno io, lei era dietro che mi spingeva. Cercavo di reggermi forte, tenevo strette nelle mani le catene per paura di volare via, e ogni tanto mi veniva di girarmi per vedere se Silvia fosse ancora lì, ad aspettarmi, per spingermi ancora o per farmi scendere. Forse quel giorno non ero io, forse sì, non lo so, c'erano mia madre e mio padre che dormivano in una stanza d'ospedale, io e Silvia a casa, c'eravamo svegliati insieme, in un letto matrimoniale, con i nostri occhi del mattino, i nostri odori, i nostri movimenti goffi, la poca voglia di parlarsi, di svegliarci come se non fossimo da soli, di dover truccare un po' l'umore se no poi l'altro chissà come la prende. Piccole grandi prove di convivenza, pensavo, facciamo finta di essere grandi, io e te. Volevo fare colpo su di lei, ma non ero sicuro che mi bastasse essere me stesso. Come essere a bordo piscina, fissare l'acqua, cercare di capire dov'è il fondo, mi butto solo se l'acqua è bassa, se so che sono un po' più alto di lei, che posso toccare. Silvia era sotto la doccia, sentivo il rumore dell'acqua che ogni tanto cambiava, immaginavo lei che si muoveva, che si piegava per insaponarsi le gambe, e poi si girava, tirava indietro la testa per bagnarsi tutti i capelli, che la sfioravano in fondo alla schiena. Avevo voglia di fare l'amore con lei, di nuovo, di togliermi tutti i vestiti, ci saremmo fatti la doccia insieme, ma poi mi sono detto che no, chissà come la prende, magari ha bisogno di stare da sola, non è che stiamo insieme da anni, forse sembrerebbe una cosa un po' forzata. Allora ho acceso la radio, non ricordo che stazione, c'era una canzone lenta, quasi lenta, lenta e veloce insieme, una voce femminile dolce, afroamericana, un coro di voci che sembravano la sua moltiplicata per mille che dicevano Uuuh, baby!, ho accesso shazam, la canzone si chiamava *Baby*, di o degli Ariel Pink's Haunted Graffiti. Rifacevo il letto, poi ho smesso, ho pensato che io il letto l'ho sempre rifatto perché se no poi l'avrebbe fatto mia madre, però mia madre quel giorno non c'era, e mi è venuta su un po' di tristezza. Poi è tornata la musica, ho immaginato Silvia che usciva dalla doccia lentamente, a tempo con quella canzone, che si avvolgeva nell'asciugamano, legandolo stretto vicino al seno. La immaginavo avvicinarsi allo specchio, guardarsi fissa negli occhi, poi le labbra, tirando fuori le labbra, fingendo di dare un bacio nell'aria. Poi avrebbe aperto la porta, non troppo, giusto lo spazio di affacciarsi, di sporgersi, di guardarsi intorno e di cercarmi. Io in quel momento sarei uscito dalla stanza, lasciandomi alle spalle il letto rifatto a metà, e l'avrei vista, lì, che mi cercava, e non ci sarebbe stato bisogno di aggiungere nulla, ce ne saremmo accorti senza parlare, almeno con la voce, l'avrebbero fatto i nostri occhi, sarebbero stati loro a chiamarsi chissà come. Poi saremmo entrati nella doccia, finalmente insieme, anche se lei si stava asciugando, vabbè, fa niente, ci asciughiamo dopo insieme, adesso facciamo finta di essere seri, di fare la doccia, davvero, io faccio finta di non eccitarmi quando tu sei girata e ti insapono la schiena, tu fai finta di non sentirmi. Poi quell'immagine di lei, di noi, è scomparsa. Ho sentito il suono del forno a microonde quando il piatto è pronto, che ormai per noi, per tutti, era il suono di un messaggio su whatsapp. Il mio telefono era spento, accanto allo stereo. Era stato il cellulare di Silvia a squillare, a illuminarsi. Ho fatto finta di niente, almeno per un attimo. Poi quando esce lo legge, mi sono detto. Chi le aveva scritto? Un'amica? Un amico? Il padre? La madre? Uno che la corteggiava, che voleva uscire con lei, anzi, peggio, magari uno che già usciva con lei, perché Silvia voleva tenere aperta qualche porta in più, non avevamo definito niente, mica c'era un contratto, mica avevamo dei figli. Ma no, basta, ma cosa vai a pensare? Chiunque sia, comunque, io non devo leggerlo, non è una cosa giusta. Non potevo sapere che leggerlo sarebbe stato poi così importante, come sulle montagne russe, quando si arriva in cima piano piano, si sta fermi per qualche secondo e poi si viene sparati giù come un razzo tanto che devi chiudere gli occhi e urlare più forte che puoi. Potevamo rimanere lassù, io e lei, guardare il panorama, pensare per un attimo di essere più vicini al cielo che alla città, poi girarci, guardarci negli occhi, vederli brillare come i lampioni per strada durante la notte. Silvia stava facendo la doccia, mi bastava premere un tasto per leggere quel messaggio, lei non se ne sarebbe mai accorta. L'ho letto. Ciao Sissi, allora stasera ti porto a cena fuori. Non ho capito più niente, mi sembrava di svenire, che la stanza cominciasse a danzare. Mi sentivo scoppiare, la testa era caldissima, avevo dei brividi, un formicolio lungo tutta la schiena, e il cuore mi si era fermato nella gola. Non sapevo più com'è che si faceva a respirare. C'erano solo cose che potevano uccidermi dentro quel messaggio. Sissi, chi era Sissi? Io conoscevo Silvia, non Sissi, ma cos'è, una principessa? Quel tono, poi, così confidenziale, così intimo, aveva scritto allora, allora!, come se fosse una cosa su cui erano già d'accordo, chissà da quanto, e io non ne sapevo nulla. Ma la cosa più grave era il nome del mittente. Prima mi sono chiesto chi fosse, Alain, pensavo, Alain, Alain, Alain, ma me ne ha mai parlato? Non so quante volte l'avrò chiamato in silenzio, Alèn, quel nome che cominciava a rimbombare dentro di me. Poi sono venuti su i ricordi, uno dietro l'altro, come solo i ricordi sanno fare, Doinel, Léaud vecchio che dormiva in sala davanti a Léaud giovane nello schermo, il nome del suo ex che cominciava con la A, che aveva origini francesi. Avrei voluto spaccare quel telefono, uscire fuori sul terrazzo e lanciarlo di sotto. Ma non l'ho fatto. Qualche secondo dopo prendevo a pugni la porta del bagno, che Silvia si era chiusa dentro. Lei ha aperto, mi ha chiesto Che c'è? Ma che è successo? E io le ho quasi messo il telefono in faccia per mostrarle il messaggio. Mi fai schifo, le ho detto, scopa con chi ti pare ma con me hai chiuso. Le ho detto una cosa del genere, anche di peggio, non lo so cosa mi è preso. Di quello che c'è stato dopo mi ricordo poco. Come cazzo ti sei permesso? Che cazzo vuoi? Chi cazzo sei tu?, domande così. Mi ricordo lei che si rivestiva di corsa, che mi dava del pazzo scoppiato, del bambino di merda, che non sapevo cosa fossero le relazioni, che era lei ad aver chiuso con me, che sapeva che c'era qualcosa di strano, faceva bene a non essere tranquilla. Tu hai bisogno di un donna-cagnolino, di uno donna-zerbino, di una che si fa comandare a bacchetta, che ti dice sempre sì, mi ha detto, tu una donna vera non la reggi. Io me ne stavo in piedi, fermo, immobile, davanti alla porta di casa, la guardavo vestirsi. Volevo tornare indietro, rimangiarmi tutto, ma ormai era troppo tardi. L'ultima immagine che avrò di Silvia è questa, ho pensato, lei che mi dice Spostati!, che mi dà una piccola spinta, che sbatte la porta, che se ne va con i capelli ancora bagnati.

16

Siri, sono triste. Era bastata quella frase, l'immagine di me sulla poltrona bordò, un po' seduto e un po' sdraiato, perché somigliassi a mio padre tutte quelle volte che tornavo e lo ritrovavo a casa da solo. Io in più, rispetto a lui, avevo gli occhi lucidi, le guance umide, le labbra che tremavano. E poi lui Siri la usava per chiamare, diceva Chiama questo, chiama quello, invece di cercare il nome nella rubrica, oppure chiedeva Come sarà il tempo nei prossimi giorni?, È confermato lo sciopero dei mezzi a Roma venerdì 13 ottobre?, cose così. Prima di dire a Siri che ero triste le avevo chiesto Ma come si fa quando un amore finisce? Non ho capito, mi aveva risposto Siri. Cioè, Siri, come si fa quando una come Silvia entra nella tua vita e poi ne esce come se niente fosse? Non ho capito. Come ci si fa ad abituare a qualcosa cui non eravamo più abituati? Non ho capito. La terza volta che Siri mi ha detto che non aveva capito mi ha fatto un elenco delle cose che potevo chiederle, che se avessi avuto una storia d'amore con lei, come in quel film con quell'attore coi baffi con le camicie di tutti i colori che rimane vedovo, ecco, se avessi avuto una storia d'amore con Siri sarebbe stato tutto più facile, avremmo avuto dei limiti, come tutti, come in tutte le storie d'amore, delle cose che era meglio non chiedere, ma almeno l'avrei saputo subito, chiaramente, senza rischiare troppo, senza tutti quegli inizi, perché sì, le storie d'amore sono piene d'inizi, dove ci si presenta e ci si imbarazza e si prova a fare colpo sull'altro e si è un po' se stessi e un po' no, più no che sì, a dirla tutta, poi si gioca, tipo che aspetti che l'altro faccia la prima mossa, così si espone e se lo faccio anch'io almeno siamo pari, niente di più, niente di meno, fino a che poi ci si conosce davvero, o comunque conosciamo meglio delle parti, che sono quelle che vogliamo conoscere, magari ignoriamo delle altre e da lì nascono le incomprensioni, i come ti sei permesso, questa cosa non dovevi dirla, non lo sai cosa ho passato, tu non mi conosci. Invece Siri, quel giorno, mi ha detto Ecco cosa puoi chiedermi, e mi ha fatto un elenco, Fissa una riunione alle 9:00, Punta una sveglia tra otto ore, Cos'è un triangolo isoscele?, Apri la fotocamera, Dove nacque Pablo Picasso?, Fammi sentire un po' di jazz, Twitta che sono felice... Ma non mi andava di sentire il jazz né di twittare che ero felice visto che stavo malissimo. L'unica cosa che volevo davvero chiedere a Siri era di chiamare Silvia, ma non potevo, se ne era appena andata e in quel momento pensavo che fosse per sempre. Adesso che faccio senza di lei?, mi chiedevo, anzi, Come faccio? Chi ero io prima di lei? Che cosa facevo? Com'erano le mie giornate? Com'era la mia vita? Chi vedevo? A chi volevo bene? Piano piano ho rimesso a fuoco tutto. C'era mia madre in ospedale con mio padre, i miei fratelli nella loro nuova casa, nella loro nuova vita. Gli amici, giusto, gli amici, potevo chiamare Eric, sì, anche perché non ci sentivamo da un po'. Non avevo il coraggio di chiamare Alessandra, ero sicuro che aveva capito tutto, che ce l'aveva con me, l'avevo delusa, l'avevo persa. Quando ho chiamato Eric ci ha messo un po' a rispondermi, due tre quattro cinque squilli, poi ha risposto, un po' in affanno, con una voce bassa, addormentata, gli ho chiesto come stava, che faceva, se gli andava di accompagnarmi a trovare mia madre. Sì, certo, mi ha detto lui, ma che c'hai? Niente, niente, ho risposto io, poi ti racconto. Eric c'era ancora, come sempre. Quanti anni sono che ci conosciamo?, ci chiedevamo ogni volta, Quasi venti, mi sa, io entravo in classe, e i posti erano già quasi tutti occupati. Ce n'era uno libero, in fondo, dov'era seduto Eric, che si guardava intorno un po' impaurito. Poi ci siamo fissati, io come per dire Guarda, so che lo sai, ma ci sarebbe un posto libero vicino a te, ecco, ti dispiace se mi siedo lì?, e lui come per dire Chi sei? Cosa vuoi da me? Sei simpatico o no? Mi piaci o no? Sarai il mio prossimo amico? Come si diventa amici? Ti va di diventare mio amico? E poi ha abbassato lo sguardo, ha guardato per un attimo quella sedia che se ne stava lì, tutta vuota accanto a lui, e ho capito di avere il via libera. Non era la prima volta che veniva con me a trovare mia madre in ospedale. Era venuto la prima volta, quand'eravamo bambini, che c'erano anche i suoi genitori, mi ricordo che lui non sapeva cosa dire, né a me né a mia madre, ci guardava e basta, aveva gli occhi tristi. Fuori da quell'ospedale, il primo ospedale che ho visto in vita mia, forse era anche il primo di Eric, c'era un albero accanto all'ingresso. Uno solo, sì, bello grande, di quelli che hanno parecchi anni e si vede dalle radici che tirano su l'asfalto, lo fanno sembrare leggero, come fosse un tappeto. Be', infilato in quell'albero, c'era un palloncino che sembrava sgonfio con sopra Silvestro che cercava di afferrare Titti. Ce n'eravamo accorti solo io ed Eric, di quel palloncino, e siamo rimasti senza parole, ci siamo guardati con gli occhi di fuori, quel giorno in cui mia madre è uscita che eravamo in macchina insieme, sui sedili di dietro, che ci siamo girati per guardare l'albero e abbiamo visto che il palloncino non c'era più. Davanti al secondo ospedale, che eravamo già grandi o quasi, con le ragazze e i primi amori nella testa al posto dei giochi, c'era un campetto di calcio fatto tutto di cemento con le porte senza reti, e giocavamo aspettando che arrivasse l'ora della visita. Durante una di quelle partite senza tempo e senza regole, in un'azione, che Eric stava in porta, eravamo tre contro tre, uno di quelli che giocava contro di noi ha tirato dalla sua porta verso la nostra, io mi sono girato e ho guardato la palla che entrava, anche perché Eric non c'era e aveva lasciato la porta vuota. Mi sono guardato intorno e l'ho visto piegato, che piangeva, la partita era finita lì. Gli sono andato vicino, gli ho chiesto perché piangesse, e lui mi ha detto che la notte prima che morisse il padre lui l'aveva sentito urlare, chiedere aiuto, e lui non aveva fatto niente. È colpa mia se mio padre è morto, diceva piangendo e graffiandosi la faccia, potevo fare qualcosa. Io ho cercato di calmarlo, e sono stato con lui mentre cercava di lavarsi via le lacrime con l'acqua di un nasone. E quella volta, invece, che il mostro dei fumetti era tornato nella pancia di mia madre, puntuale come gli europei e i mondiali di calcio, eravamo grandi davvero, entrambi all'università, io me ne stavo a casa sulla poltrona a parlare con Siri e lui chissà dove con il respiro affannato. Quel giorno Eric mi sembrava diverso, aveva una camicia nuova, tutta abbottonata, che sembrava fatta su misura per lui, senza neanche un'ombra di barba, i capelli lavati, tagliati, pettinati un po' all'insù ma non troppo, quel tanto che li faceva apparire naturali, e un profumo che ha invaso tutta la mia macchina e che è rimasto lì nell'aria anche se avevo abbassato i finestrini. Ho capito subito che c'era qualcosa di nuovo, che ero rimasto indietro, che bastava innamorarsi per rimanere indietro, per isolarsi, per perdersi un po' tutto quello che stava succedendo nel mondo. Te la ricordi Laura?, mi ha chiesto lui. Laura?, gli ho chiesto io, che in quel momento era già tanto se riuscivo a concentrarmi sulla strada. Sì, dai, l'amica di Silvia. Avevano ricominciato a tremarmi le labbra, e meno male che avevo gli occhi nascosti sotto gli occhiali da sole. Ma è successo qualcosa?, mi ha chiesto lui, Lo sapevo che era successo qualcosa, diceva, che è successo? Che hai combinato? Allora gli ho raccontato tutto. Eric non sapeva che dire, era imbarazzato, voleva dare ragione a lei ma era mio amico, non suo, e quindi mi diceva che forse potevo essere un po' meno avventato, che potevo reagire meglio, senza aggredirla, che magari era tutto un film che mi ero fatto in testa, che Alain poteva essere chiunque, un parente, un amico, non per forza il suo ex, e che comunque potevo chiederglielo. Io non lo so, mi diceva, Silvia non la conosco, però secondo me è un momento, adesso lascia sbollire tutto e poi magari provi a chiamarla. Speriamo, dicevo io. Quante volte mi ha salvato, Eric, e io non sono mai riuscito a ringraziarlo davvero, a dirgli grazie, dal vivo, guardandolo in faccia, non su whatsapp o in un biglietto d'auguri. Davanti all'ospedale ho sentito il suono di un messaggio, aveva vibrato leggermente la tasca, stavolta era il mio cellulare. L'ho preso di corsa, dentro di me c'era come una festa, è passata, pensavo, ha capito che quello di prima non ero davvero io, che quelli di prima non eravamo davvero noi. E invece era shazam che mi diceva Bella scoperta!, ogni tanto shazam faceva così, bastava che trovassi una canzone meno conosciuta e dopo qualche ora ti arrivava un messaggio con scritto Bella scoperta! Allora mi ero sentito doppiamente triste, perché non era stata Silvia a scrivermi e perché quella canzone mi ricordava lei mentre si faceva la doccia. Chi è?, mi ha chiesto Eric. Nessuno, purtroppo, ho risposto io, che dicevi di Laura? Dopo ti racconto tutto, ha risposto lui.

Mia madre nella stanza non c'era, e neanche mio padre. Sembrava tutto troppo in ordine, non c'erano libri, occhiali da vista, bottigliette d'acqua, avevano rifatto il letto e la stanza aveva un profumo fresco, di alberi, come la macchina di mio padre quando comprava quegli arbre magique che duravano per giorni. Io ed Eric ci siamo guardati e i nostri occhi sorridevano nello stupore, stavamo pensando le stesso cose, capitava spesso, ci stavamo chiedendo dove fosse mia madre e intanto pensavamo a quel racconto di Buzzati sui sette piani che quando ce l'avevano letto in classe al liceo non ci aveva fatto dormire. Un avvocato si fa ricoverare, la sua salute non migliora e non peggiora ma per una serie di casi strani lo spostano dal piano più alto a quello più basso, dove ci sono i pazienti che non hanno speranze. Ci ricordavamo ancora il finale, con le persiane che "scendevano lentamente, chiudendo il passo alla luce". Per fortuna quel racconto non c'entrava, mia madre stava fuori a fumare in una smoking area che si era appena inventata. Mi sembrava che avesse degli occhiali da sole nuovi, e quando ci ha visto ha cominciato a sventolare il braccio per salutarci, per dirci Eccomi, sono qui. Insieme a lei c'era un signore alto, robusto, con i capelli brizzolati e due occhi chiarissimi. Entrambi con la flebo, come se solo tenendosi stretti a quel bastone alto d'acciaio potessero comunicare. Lui è il mio nuovo vicino, ci ha detto lei ridendo, a me la pancia e a lui il cuore. Aveva due mani grandissime, lui, quando si è presentato mi sono accorto che la mia mano scompariva per intero nella sua. Da vicino si vedeva che era bianco in faccia, le guance erano piene e sembravano pesanti come due grosse pietre. Io ed Eric eravamo capitati nel mezzo di un discorso iniziato chissà quando, avevamo capito che quell'uomo era sposato da anni, lui e la moglie a un certo punto avevano smesso di parlarsi, andavano avanti a forza di Ciao, Scusa, Torni per cena?, dalla mattina alla sera, che forse lui, forse lei, forse entrambi avevano avuto una vita parallela, che poi lui se ne era andato e questo gli era servito per capire che in realtà voleva stare con la moglie, che la amava, che in fondo non aveva bisogno di vite parallele, gli bastava quella che aveva sempre avuto. Aveva un'aria familiare, era un uomo sereno, sembrava uno che quando parlava era in grado di convincere tutti. Anche mia madre sembrava pensarla così, aveva un'aria compiaciuta, mi guardava, lo indicava annuendo come a dire

Hai sentito, sì, io l'ho sempre detto, forse un po' di Patagonia a me e a tuo padre avrebbe fatto bene. Ci vuole coraggio, diceva lui, impegno, pazienza, non c'è niente di più bello che prendersi cura di un'altra persona. Sarà stata anche una banalità, ma sapeva come dirla. Giulio, mi ha detto lui facendomi sparire di nuovo la mia mano nella sua, è stato un piacere, ha fatto un ciao generale a tutti e se ne è andato. Pensavo a tante cose, in quel momento. Quell'uomo poteva vedere mia madre ventiquattro o almeno ventitré ore al giorno, mentre io e gli altri, a parte mio padre, una sola ora, e questo lui l'aveva capito, sarebbe rimasto ancora lì, a parlare con noi, ma ha preferito lasciarci soli. E poi mia madre non sembrava più preoccupata, che poteva essere un bene, sì, ma anche un male, avevo paura che si fosse prima rassegnata e poi abituata a quel posto, che cominciasse a sentirsi a casa. Ti piacciono i miei occhiali nuovi?, mi ha chiesto, stringendosi le stanghette degli occhiali e mettendosi un po' in posa. Me li ha regalati tuo padre, ha detto, mi ero svegliata con la voglia di essere frivola, di regalarmi qualcosa... Eric rideva, nello stesso modo in cui cercava di capirmi in macchina quando gli raccontavo di me e Silvia, lo faceva con amore, le voleva bene, e sapeva che sorridere a mia madre in quel momento, farla sentire normale, ecco, non gli sarebbe costato nulla. Sapete cosa ho sognato questa notte?, ci ha chiesto mia madre, Ero giovane, i denti bianchi, un po' più alta, ero magra ma stavo bene, era il mio primo giorno di scuola, come insegnante ovviamente, e mi ricordo che c'era un silenzio, non potete capire che silenzio, loro mi osservavano, cercavano di capire come fossi, e io li guardavo, pensavo E adesso che gli dico, chissà cosa si aspettano da me, avevo una paura dentro, credo di non essermi mai sentita così viva. Ma sei ancora giovane, ha detto Eric. Infatti, ma', Eric ha ragione, ho aggiunto io. E lei ha fatto un mezzo sorriso, forse era anche per quello che si era sentita triste al risveglio. Abbiamo cercato una panchina, un muretto basso dove appoggiarci. Eric le aveva offerto il braccio, e lei si reggeva su quello, da una parte, e sul bastone della flebo dall'altra. Io li guardavo da dietro, Eric un po' curvo, che cercava di stare al passo, lento, con mia madre, e lei, che era tutta ossa, che aveva una parte della schiena scoperta, le si vedeva la spina dorsale, non l'avevo mai vista così. Poi sono partiti i ricordi, la merenda con *Bim bum bam*, io ed Eric a gambe incrociate sul tappeto, incantati davanti alla tv, le giornate al mare a Fregene, al Circeo, dovevamo aspettare due ore prima di fare il bagno anche quando non mangiavamo quasi nulla... Intanto mia madre aveva acceso un'altra sigaretta, Di certo, aveva detto, non mi ammazzerà. Un'altra settimana o due, ne aveva parlato col medico, e l'avrebbero dimessa. Così facciamo una cena e festeggiamo tutti insieme, diceva, con quel tono di voce che di solito le veniva poco prima di piangere, e si sforzava di sorridere. Non poteva immaginarlo, mia madre, o forse in fondo sì, poteva, che quella settimana o due in realtà erano qualche mese, che ne sarebbero successe di cose fino al suo ritorno, che quell'ora al giorno con lei, nella sua smoking area privata, sarebbe diventata un'abitudine per tutti, che si sarebbe persa il giorno che sua figlia diventava madre, che mio padre avrebbe ripreso a disegnare, che avrei fatto un corso intensivo d'inglese che mi avrebbe portato fin qui, che Silvia sarebbe tornata da me, che sarebbe pure venuta a trovarla, per poi pentirsene un attimo dopo. Me lo ricordo ancora, mia madre che cercava di essere dolce con lei, anche se quel giorno non le riusciva tanto bene, era di cattivo umore, si lamentava molto, e Silvia che le rispondeva telegrafica, mantenendosi sulla difensiva. Silvia indossava una gonna lunga fino alle caviglie, con sopra un motivo peruviano, e mia madre le aveva chiesto dov'è che l'avesse trovata una gonna così bella. La Rinascente, aveva risposto lei. Allora mia madre mi aveva chiesto di prenderle il portafoglio, aveva dato i soldi a Silvia e le aveva chiesto, accarezzandole il braccio, se poteva comprare quella gonna, la stessa gonna, anche per lei. Una volta usciti da lì Silvia è scoppiata. Io ero felice dentro di me, pensavo finalmente, oggi hanno parlato, hanno preso un po' di confidenza, e invece Silvia ha cominciato a urlare, a prendersela con me, a dirmi Lo vedi com'è tua madre? È una manipolatrice, non le va giù che stiamo insieme, adesso vuole anche mettersi i miei vestiti, si sente in competizione. In macchina, quel giorno, mentre la radio e la pioggia, che cadeva forte, parlavano per noi, pensavo ai tanti modi di vedere il mondo, a Silvia che pensava che mia madre ce l'avesse con lei, e a mia madre, che invece cercava di non lamentarsi, di non pensare al fatto che se ne stava ancora rinchiusa lì, che voleva solo avvicinarsi a lei, perché sapeva quanto fosse importante per me, e aveva trovato la scusa più semplice, un vestito, una gonna, il classico Che bello, dove l'hai comprato?, lo voglio anch'io. Gli stessi vestiti, sì, come due amiche, adolescenti, che si vorranno bene per sempre. Comunque quel giorno, che io ed Eric stavamo lì con mia madre a giocare coi ricordi, che ancora non era successo niente di tutto questo, eravamo di nuovo noi, e per un attimo siamo stati felici. Ti sei fidanzato?, ha chiesto mia madre a Eric. Quasi, ha risposto lui ridendo. Non era la prima volta che raccontava una cosa a mia madre prima di raccontarla a me. Come quasi?, ha chiesto lei, che vuol dire quasi? Nel senso che siamo usciti poche volte, ha risposto lui, però mi piace, poi non è come ai vostri tempi, quando uno si fidanza non è che se lo deve dire che è fidanzato, sono cose che si capiscono da sole. I nostri tempi, ha risposto lei, ma che dici? Io e suo padre mica ce lo siamo mai detti di essere fidanzati, non ce n'era bisogno, lo sapevamo e basta, la differenza è che le ragazze di oggi... Nel frattempo si era affacciato un medico giovane, fingendo di tossire perché ci girassimo, avrà avuto trent'anni, magrolino, con i capelli nerissimi, forse si trovava lì per il tirocinio, ha guardato mia madre battendo con l'indice sul quadrante dell'orologio, voleva sgridarla con dolcezza, lei ha sorriso, lui anche, in un sorriso che era tutto loro. In macchina, tornando verso casa, pensavo beato lui che l'ha trovata, anzi no, beati loro che si sono trovati, che stanno bene insieme, che non si fanno troppe domande, che hanno capito quant'è bello innamorarsi. Quante volte lui, mia madre, mio padre, i miei fratelli, uno dei miei compagni all'università, sulle scale antincendio, durante una pausa tra una lezione e l'altra, mi hanno visto con la faccia appesa a terra, con la bocca che sorrideva e gli occhi che rimanevano tristi, e mi hanno detto che io e Silvia parlavamo troppo, di tutto, che passavamo il tempo a vederci per chiarire, ma chiarire cosa?, mi chiedevano loro, con tutte le volte che avete chiarito dovreste essere la coppia più chiara del mondo e invece. Eric non riusciva a smettere con Laura, diceva che lo faceva impazzire, che gli piaceva tutto di lei, che quella sera della bomba al museo è cambiata tutta la sua vita. Io non lo so chi è stato quella sera a chiamare, a far scattare l'allarme, diceva lui, ma penso che non smetterò mai di ringraziarlo... lo so che sembra brutto, però secondo me senza quella finta bomba io adesso non starei con Laura. Quella sera io e lei siamo andati verso la macchina di corsa e poi siamo saliti e abbiamo cominciato a girare per Roma senza senso, senza meta, non eravamo davvero spaventati, non so come dire, eravamo elettrici, eccitati, cazzo, fosse tutti i giorni così, con il cuore a mille, che c'è un imprevisto, che vieni colto di sorpresa, come quella sera, che pensi Oddio adesso muoio, e poi invece scopri che non sei mai stato così vivo in vita tua... Siamo andati a Villa Borghese, sai la parte quella vicino al laghetto, ma non al buio, eh, siamo rimasti in macchina, lei aveva un po' d'erba, dice che gliel'aveva regalata una sua amica ma lei non sapeva che farsene, cioè non è una che fuma di solito, però dovevi vedere come l'ha rollata, ci avrà messo tre minuti, io, lo sai l'effetto che mi fa l'erba, ho cominciato a ridere a qualsiasi cosa ed ero anche brillante, facevo ridere anche lei, insomma dopo un po' ci siamo baciati, io avevo una voglia di scoparmela che non hai idea, e lo sai la cosa bella? Anche lei voleva, l'ho capito quando ci siamo baciati, non è che stava lì a baciarmi e basta, mi ha toccato subito il ginocchio e poi la coscia, io ho fatto un piccolo salto, come avessi preso la scossa, e questo a lei è piaciuto parecchio, solo che la mia macchina è piccola, quindi se volevamo farlo lei doveva girarsi e io dovevo starle dietro, vabbè insomma l'abbiamo fatto, è stato bello, anche se stavamo un po' scomodi, lei ha anche sbattuto il ginocchio sul cambio, lì abbiamo riso, però non era una scopata così, cioè si vedeva, è stato incredibile, è piaciuto anche a lei. Pensa se l'avessi raccontato a tua madre, chissà cosa avrebbe detto. Mica è una bacchettona, mia madre, ho risposto io. No, vabbè, scherzo, ha detto lui. E poi: Ma tu te la ricordi Bea? La nostra compagna, quella che cambiava sempre fidanzato? Non tanto, ho risposto io. Be', ha detto lui, a me piaceva un sacco, non so perché mi ricorda Laura, cioè secondo me Laura da piccola era così, Laura da piccola era Bea, biondina rossa, con le lentiggini, il naso piccolo, gli occhi verdi, comunque a parte questo che adesso non c'entra, io a Bea le avevo fatto arrivare un bigliettino, sai, il classico bigliettino, quello con scritto "Ti vuoi mettere con me?" con sotto le due caselle "Sì", "No", ma io ci avevo aggiunto anche "Forse", non lo so perché, a casa lo usavano spesso per rispondere e allora avevo aggiunto "Forse", e lo sai dove ha messo la croce Bea? Fammici pensare, ho risposto io, sul "Forse"? E no, mi ha detto lui, sul "No", perché secondo me neanche Bea sapeva cosa volesse dire forse, quindi per non sbagliarsi aveva risposto direttamente di no. Ok, ma questo che c'entra con Laura?, gli ho chiesto io. Adesso ci arrivo, ha risposto lui, c'entra che dopo quella sera in macchina con Laura, il giorno dopo io ci pensavo ancora, non al sesso, a Laura, intendo, e allora sai che ho fatto, qual era l'unica cosa che avevo in comune con lei? Io devo aver fatto quella faccia che di solito fanno quelli che non ne hanno idea. Ma come!, ha detto lui, sei stato tu a dirmelo... Tinder, no? Allora sono andato su tinder e non so come mi sono messo a cercarla, che poi su tinder mica si possono cercare le persone, tu puoi solo scrivere chi cerchi, l'età e la raggio di distanza, poi è lui a proporti una serie di uomini o donne di tutti i tipi e se ti piace metti il cuore, che sarebbe un like, e hai un solo superlike a disposizione. Un superlike?, gli ho chiesto io. Sì, ha risposto lui, tinder non è come facebook, tu puoi entrare in contatto solo con ragazze che ricambiano il tuo like, però se io metto un like loro mica lo vedono, sembra difficile da capire ma in realtà è una cazzata, e solo quando metti il superlike, una volta sola, quindi, a loro arriva la notifica e possono scegliere se ricambiare o meno, capito? Vabbè, sarò stato tre ore a cercarla, mi facevamo male gli occhi, però sapevo che l'avrei trovata, quando l'ho vista m'è preso un colpo, ho usato il superlike, che è stato come mandare quel bigliettino a Bea, solo che stavolta con Laura non ci sono stati no, e neanche forse.

17

Tutto ok?, mi ha chiesto il signore che è seduto accanto a me, pensavo fosse stato un attimo di turbolenza e invece eri tu. Ho scoperto che ha una faccia buona, ha un po' la faccia dei padri degli altri, che ti fa sentire al sicuro, che ti fa pensare però, sarebbe bello se anche mio padre fosse così. Però quando i miei amici venivano a casa e conoscevano mio padre, vedevano la sua, di faccia, pensavano la stessa cosa, e allora è tutto relativo. E forse è come diceva mia madre, tutte le volte che i miei litigavano, che lei se ne stava in cucina a mettere i piatti nella lavatrice con la radio accesa e mio padre se ne era andato in camera sua come se si fosse messo in punizione da solo, ecco, io andavo da lei e le dicevo perché non potessimo avere una famiglia come le altre, e le raccontavo delle famiglie degli altri, di quando andavo a cena ed erano tutti gentili tra loro, i figli con i genitori e i genitori con i figli, Vuoi dell'acqua?, Com'è andata oggi?, e mia madre diceva che non potevano bastarmi due ore ogni tanto per farmi un'idea di come andassero davvero le cose lì dentro, che era come se recitassero davanti a me e poi magari quando io me ne andavo cambiavano tono e si scannavano in un modo che non potevo neanche immaginare. Allora ogni volta che li salutavo, che uscivo da quelle case per tornare nella mia, mi immaginavo fuori dalla porta a origliare per sentire se mia madre avesse ragione. Tutto ok, ho risposto al signore seduto accanto a me, credo di aver fatto un incubo, però grazie. E sì, chissà se dormiva anche lui, forse

l'ho svegliato con il mio solito scattino, lo scattino dei brutti sogni, quello che si fa sentire anche dagli altri e che un po' ti riporta in vita. Nel sogno ero in un centro commerciale, dentro una tenda, mi sono svegliato all'alba, o almeno credo fosse l'alba, non c'erano finestre, solo luci altissime da tutte le parti, come se ci fosse più di un sole lì dentro. Che ci faccio qui?, mi sono chiesto, a me non piace il campeggio, poi ho visto che vicino a me c'era Eric che dormiva e che russava, cioè non era Eric, aveva gli occhiali, era un po' più in carne, ma io nel sogno sapevo che quello era Eric e pensavo è assurdo, anche lui odia il campeggio. Poi mi sono affacciato e ho visto che fuori non c'erano alberi, ma negozi, e noi avevamo messo la tenda davanti al negozio della Apple. Non eravamo mica gli unici, però, ce n'erano altre di tende, e su ognuna avevano messo un'etichetta con un numero. Ho svegliato Eric e scuotendolo un po' e facendogli Oooh svegliati, e lui dopo un po' si è svegliato e senza aprire gli occhi mi ha detto che eravamo lì per comprare il nuovo modello dell'iphone, i numeri sulle tende erano quelli per mettersi in fila, li avevano messi durante la notte. Avevamo visto alcuni che litigavano, era arrivata anche l'ambulanza, si erano messi a picchiare uno perché aveva provato a saltare la fila, e quando era arrivato il nostro turno il commesso, che era gentilissimo, mi ha detto che in sostanza non è che cambiasse poi tanto rispetto al vecchio modello, c'era solo una novità, era cambiata l'assistente digitale, non c'era più Siri, ma Silvia, e quindi erano cambiate anche le cose che potevi chiedere. Clicca qui, diceva, così puoi vederlo con i tuoi occhi. Solo che io cliccavo, una, due, tre volte, tenevo premuto, ma niente, mi usciva sempre la stessa schermata.
Ecco cosa puoi chiedermi:

Non c'era scritto nulla, non potevo chiederle nulla, io guardavo quello della apple e lui rideva, diceva Hai visto? Hai visto che bello? La tua vita d'ora in poi non sarà più la stessa. È lì che mi sono messo a urlare, mi sa, comunque mi è preso un colpo e mi sono svegliato, facendo lo scattino, che il signore accanto a me ha scambiato per un attimo di turbolenza. Non ci sarà più mia madre a controllare i miei scattini, quando le sue gambe mi facevano da cuscino in macchina dietro quando andavamo al Circeo, o Silvia, nel letto, accanto a me, anche perché gli ultimi scattini sono venuti tutti per lei e sembrerebbe strano svegliarsi e ritrovare lì il motivo che ti ha fatto svegliare. L'ultimo scattino con Silvia mi sa che l'ho fatto qualche giorno prima che mia madre tornasse a casa, e quella notte ci eravamo ritrovati grazie a un brutto sogno. Mi ero addormentato male, lei era andata in bagno, io ero sdraiato e guardavo il soffitto, mi ci perdevo, più lo fissavo e più lo vedevo allontanarsi e farsi cielo. Poi ho sollevato un po' la testa perché sentivo un leggero rumore di sottofondo nella stanza e mi sono accorto del suo mac, che sembrava spento e invece era solo in stand by, e allora mi sono alzato, cercando di capire se lei stesse tornando o meno dal bagno, e ho premuto un tasto a caso per accenderlo. Lì mi era apparsa la schermata di messenger ed era piena di messaggi di gente che non avevo mai sentito, e mentre leggevo i nomi è entrata lei nella stanza e mi ha chiesto Che fai?, ed è corsa verso di me dandomi una piccola spinta e chiudendo il computer senza spegnerlo. Come ti permetti?, mi ha chiesto, devo aver paura di andare in un'altra stanza che tu mi controlli? Io ho inventato una scusa che non era credibile, le ho detto che mi ero accorto che il computer era acceso e allora mi ero alzato per spegnerlo, che poi in parte era vero, nei suoi occhi non c'erano più i lampioncini di prima, si erano spente tutte le luci, non li avevo mai visti così neri, voleva picchiarmi strangolarmi strozzarmi ma non l'ha fatto e non ha detto nulla, poi sono stato sincero, le ho chiesto quello che volevo veramente sapere, Che sono tutti quei messaggi?, e lei mi ha risposto Quali messaggi?, e io le ho detto Come quali? Tutti quelli che ti scrivono lì. Ma secondo te, mi ha detto lei, se avessi avuto qualcosa da nascondere lasciavo il computer acceso con la schermata di facebook davanti a te? Sapendo che comunque potevi vederli, visto come sei fatto. Visto come sono fatto, mi ha detto, lei lo sapeva e io no, sapeva che io ero quello che quando lei andava in un'altra stanza le controllava tutto, cellulare, mac, tutto, e io fino a quel momento non mi ero mai visto così. Mi ha fatto leggere qualche chat, alcune erano di sconosciuti, cominciavano con Ciao Silvia, piacere e finivano lì, in altre lei rispondeva, le facevano tutti le stesse domande, quelle che si fanno di solito, Disturbo? Che fai? Sia adesso che nella vita, intendo ☺, e il meccanismo era sempre lo stesso, si partiva dal generale per poi arrivare alla vita, Dove abiti? Allora siamo vicini ☺, Che ne pensi se uno di questi giorni ci prendiamo un caffè?, e lei lì si fermava. Rispondeva solo a quelli che trovava brillanti, ci parlava di libri, di film, di eventi, ogni tanto facevano qualche riferimento vago alla famiglia ma niente di più. Ma perché gli rispondi?, le ho chiesto io. Non puoi parlarne con me di queste cose? Ma cosa c'entri tu adesso?, ha risposto lei, queste sono persone che non vedrò mai, è solo un modo per sentirsi meno soli. Era per quello che mi ero addormentato male, pensavo a tutte quelle chat aperte e mi sentivo a metà, mancava qualcosa, qualcosa che in quel momento non sarei mai riuscito a trovare, e abbiamo dormito insieme solo perché ormai ero lì, in pigiama, e in questi casi basta girarsi uno da una parte e una dall'altra e il problema è risolto, non avevamo una casa tutta nostra, non potevamo fare come i miei con mio padre che si offende e si autopunisce e mia madre che se ne va a dormire sul divano. Mi ero addormentato male e dopo un po' mi sono ritrovato con Silvia in una stanza di Parigi per il nostro anniversario, nel momento in cui stavo scartando il suo regalo. Lei guardava le mie mani che lo scartavano e poi i miei occhi, aveva la faccia di chi sapeva che quel regalo mi sarebbe piaciuto. La scatola era di un negozio di videogame in via Candia, vicino a dove vivevamo noi, ed era piccolissima, un po' tondeggiante. Era un piccolo ovetto giallo, un po' piatto, che al centro aveva uno schermo bianco e nero dove si muoveva una faccina. Sulla scatola c'era scritto MAMAGOTCHI. Che cos'è?, le ho chiesto. Come che cos'è?, mi ha detto lei, ne avevamo parlato, non ti ricordi? So che non sarà facile andare via da casa, ti ho comprato questa mamma virtuale dolcissima che puoi portarti dove vuoi, l'unica cosa è che sarai tu a doverti occupare di lei, non lei di te, dovrai darle da mangiare, trovare la luce giusta, giocarci, pulire i suoi bisogni, preoccuparti che sia sempre più o meno felice. È lì che mi sono svegliato di colpo, che ho fatto lo scattino, e ho scoperto che non eravamo a Parigi, che c'era Silvia accanto a me che dormiva o che faceva finta di dormire e che mi dava le spalle, e allora mi sono avvicinato a lei piano piano, l'ho annusata, sapeva di buono, come sempre, e dal respiro sapeva anche di quella che era ancora arrabbiata con me, però poi l'ho abbracciata forte, ho ricalcato il suo corpo con il mio, mettendomi come lei, di fianco, con le gambe rannicchiate, mi ha messo una mano dietro al collo, per stringermi ancora di più a lei, ed è tornata la pace. Ma fare pace non è stato sempre così facile. La volta del messaggio di Alain non ci siamo parlati per quasi un mese. Avevo aspettato qualche giorno per scriverle, anche se ero tentato di farlo prima, di farlo subito, dopo aver salutato Eric. La storia d'amore con Laura mi aveva tirato su, il fatto che Laura fosse un'amica di Silvia mi aveva fatto credere che si fossero parlate, che raccontandole di quanto erano belli lei ed Eric insieme Silvia avesse creduto che in fondo anche noi potevamo essere belli, che anzi lo eravamo già, quella era solo una nuvola passeggera, anzi una cosa che capita quando il sentimento è così forte. E invece poi ci ho ripensato, e ripensarci mi ha fatto sentire meglio, più maturo, più grande. Quello che penso io non è detto che lo pensino gli altri. E allora ho aspettato un po' e poi le ho scritto, senza avere risposte, come quelli che le scrivevano su facebook. Vedevo le spunte di whatsapp che diventavano blu, lei che diventava online per un attimo e poi scompariva, senza scrivermi nulla. Poi le spunte diventavano grigie, quindi, pensavo, o aveva smesso di leggermi o aveva cambiato l'opzione su whatsapp sul colore delle spunte, così non solo non potevo vedere l'ultimo accesso ma neanche se mi avesse letto o meno. In quel mese che sembrava mesi, anni, che non finiva mai e sembrava volesse darmi un'idea di quella che sarebbe stata la mia vita in futuro, una vita tranquilla senza troppe altalene, dove non c'era bisogno di impegno, fiducia, cura di chissà che, tanto ero solo e anche se a volte potevo sentirmi infelice ero comunque al sicuro, in quel mese avevo fatto di tutto per distrarmi. Passavo molto tempo con mia madre, che ormai lì era una star, la conoscevano tutti, la chiamavano prof e lei sembrava felice. Avevo ripreso a studiare, anzi no, avevo messo i libri sul tavolo con una matita accanto, mancava poco alla fine e dovevo solo riabituarmi all'idea di studiare, all'idea che io oltre a Silvia ce l'avevo ancora una vita tutta mia. Mi ero iscritto a un corso intensivo d'inglese perché mio padre, quelle poche volte che lo incrociavo, non faceva che dirmelo, Te lo pago io, mi fa piacere, ripeteva sempre, l'inglese è importante, oggi se non sai l'inglese non vai da nessuna parte, e alla fine avevo accettato anche perché mi dispiaceva dirgli di no, e quando parlava con me aveva una voce più timida, come se avesse sempre paura della mia risposta. Eric lo vedevo di corsa in facoltà, ma stava sempre con Laura, e allora qualche volta ero uscito con Vins, che preso da solo era meno scontroso, più aperto, parlavamo di tutto, di cinema, lui aveva una specie di feticismo per Lynch e rideva quando gli parlavo di Doinel, secondo lui quello era il Truffaut peggiore, mi dava consigli su Silvia, diceva che in fondo era meglio così, Sarà anche bella, diceva, ti do ragione, ma pensa di essere al centro dell'universo, cioè, non è mica l'unica, e mi raccontava delle storie assurde sulla sua famiglia, tipo quella di suo zio cacciato dalla polizia perché l'avevano beccato con una nell'ascensore del commissariato, e mi sembravano delle cose così private che mi aveva fatto sentire speciale. Avevo visto mio fratello che aveva gli occhi di uno che aveva smesso di dormire, era agitato per la mostra di Ron Mueck, seguiva l'allestimento, i lavori, e ogni tanto si portava anche mio nipote, che però appena entrava lì e vedeva quegli esseri umani grandi come case si metteva a piangere e scappava via, e allora mio fratello gli dava il suo cellulare con youtube aperto e lo teneva buono con le puntate di *Peppa Pig*. Un giorno è stato bellissimo, una mattina presto, con il sole alto che toccava ogni angolo di Roma, ci avevano chiamato dalla clinica perché mia sorella non era più un canguro, era diventata madre anche lei. Un altro giorno, invece, è stato terribile, quando ho pensato di iscrivermi a tinder, non so quante volte sono rimasto a fissare quella schermata e quel simbolo del fuoco disegnato male, a leggere cose come ovunque tu vada, ci siamo noi al tuo fianco, l'app più hot del momento, mettiamo insieme oltre 26 milioni di compatibilità al giorno, ma poi mi sentivo triste, per mille ragioni, e sapevo che l'unica compatibilità che volevo era fuori da quell'app. Un giorno, nel tardo pomeriggio, che stavo al corso d'inglese e l'insegnante, una signora con un'età indefinita tra i quaranta e i sessanta, bianca ma con le guance arrossate, ci stava spiegando i phrasal verbs, ho controllato il cellulare per vedere che ora fosse e ho trovato un messaggio di Silvia. In realtà non era proprio un messaggio, non mi aveva scritto nulla, mi aveva inviato la sua posizione. Ed era la prima volta che qualcuno mi inviava la sua posizione, io non sapevo neanche come si facesse, mi era apparso un piccolo riquadro con una mappa dove i palazzi e le piccole vie erano color ghiaccio, le strade principali erano gialle e poi i parchi verdi e il fiume azzurro. In quel momento per me era come se fossi capitato in una città straniera, magari a Londra, visto che lì in quella stanza dovevano parlare tutti in inglese, e fossi davanti a uno di quei cartelloni con dentro le mappe che di solito stanno vicino agli ingressi della metro. Tipo voi siete qui, tu sei qui, you are here, con un puntino rosso e una freccia che lo indica. Sulla mappa di Silvia, però, invece del puntino rosso c'era una specie di lecca lecca, di chupa chups alla fragola, che se ne stava in piedi lì tra quelle vie e quei palazzi color ghiaccio come a dire tu sei qui, cioè Silvia è lì, e quindi sì, anche tu sei lì. Il chupa chups era in un ristorante di piazza del Popolo. Io ero in piazza di Spagna, che come sempre era piena di turisti che facevano le foto alla fontana della Barcaccia. Chissà in quante foto ero finito, non è che mi importasse poi tanto, avevo fretta, quel giorno non avevo tempo di fermarmi tutte le volte che vedevo qualcuno che si metteva in posa e dall'altra parte qualcun altro con il cellulare che diceva di aspettare e poi dava l'ok. Il cielo sulla piazza era blu elettrico e ci si confondeva se rimanevi lì fermo a guardarlo per un po', tra piccole e grandi stelle, aerei che sembravano stelle in movimento e girandole colorate che facevano su e giù nell'aria. Silvia la vedevo da fuori, era seduta con un uomo molto più grande di lei, robusto, senza capelli, che gesticolava molto e la faceva ridere. Sono rimasto qualche minuto lì in piedi a guardarli, finché lei non si è girata, mi ha visto e mi ha fatto cenno di entrare. Le ridevano gli occhi quando sono entrato, era tornata la luce dentro quei lampioncini e quella sera era tutta per me. Giulio, ha sussurrato lei, poi si è alzata e mi ha abbracciato forte, e io dentro di me ho tirato un sospiro di sollievo. Quando mi ha presentato quel signore, che ci guardava sorridendo, e io gli ho stretto la mano e l'ho guardato negli occhi, ho capito tutto, ho rimesso insieme tutti i pezzi che avevo sparso dentro di me. Ti presento mio padre, Alain. Lei lo chiamava così, e a lui piaceva. Era diverso da come me l'ero immaginato, era un uomo normale, che poteva somigliare ad Alain Delon solo negli occhi della figlia. Però andava bene così, mi bastava che lui esistesse, che il mio cuore fosse tornato al suo posto, vicino a quello di Silvia, che non mi sentissi più come un turista bagnato dalla pioggia, davanti a una mappa vicino alla metro, che non fa che guardarsi intorno e sentirsi perso.

Da quell'incontro era nato il nostro primo viaggio. Lei lo chiamava Alain, lui la chiamava Sissi e a me sembrava di essere finito dentro a una fiaba della Disney. Non sembravano tanto padre e figlia, ma due migliori amici, come se lei fosse la studentessa e lui un ex studente che non si era mai laureato e adesso lavorava nella segreteria didattica, faceva amicizia con gli studenti, usciva con loro, e voleva ancora bene all'università anche se l'aveva deluso. Ma voi l'avete mai vista Bruges?, ci ha chiesto. Quel plurale suonava dentro di me come una musica dolce che non avevo mai sentito. Ci aveva raccontato di canali, di barche, di cigni, di case colorate, di piccoli ponti dove tutti gli innamorati si fermano per farsi scattare una foto. In un attimo io e Silvia eravamo lì, con le ruote dei nostri trolley che battevano a terra tra un ciottolo e l'altro, sotto a un cielo dove non sembravano previsti né la pioggia né il sole. Cercavamo la nostra camera airbnb in mezzo a piccole case di pietra tutte uguali, e quando l'abbiamo trovata, pulita, spaziosa, con le pareti bianche tempestate di fiori grigi, il bagno con la doccia fatta tutta di pietra che pioveva dall'alto, ci siamo buttati subito sul letto che era grande e morbido, sopra aveva una specie di interruttore che se lo premevi e ti mettevi al centro del materasso ti sembrava di affondarci dentro, ci siamo tolti sciarpe, cappelli, maglioni, maglie, calzini doppi, e abbiamo fatto l'amore fino a che sotto alle coperte non sembrava tornata l'estate. Poi siamo rimasti lì sotto, vicini, a parlare per ore, è stata l'unica volta che mi ha letto una sua poesia, le scriveva tutte a mano in un taccuino della moleskine quadrato con le pagine bianche, lo stesso che avevo regalato a mio padre per Natale e che sembrava sarebbe rimasto per sempre nel cellofan. *Però che freddo quel sabato mattina / Mi guardavo i piedi piccolissimi e stretti, / dentro a quelle superga un po' ingiallite, un po' bucherellate...* Le tremava un po' la voce verso la fine, sembrava una sirena, sopra nuda, con la pelle d'oca che le definiva i seni e le gambe nascoste sotto le coperte. Poi abbiamo parlato di tutto, delle nostre prime volte, di ex, del suo ex, ma quella volta ero tranquillo, ne parlava con indifferenza, perché l'avevo chiesto io, e poi finalmente mi rendevo conto che lei stava con me, non con lui, era con me che aveva preso un aereo, che aveva dormito a bocca aperta per tutto il volo, che aveva fumato in aeroporto prima di prendere un taxi, che si era scaldata i piedi strofinandoseli con i miei. Il suo ex era un po' più grande di lei, di noi, era uno di quelli che non hanno bisogno di lavorare per vivere, lo fanno solo perché se no si annoiano troppo. Si credeva il centro del mondo, diceva lei, solo per aver recitato in un paio di fiction e perché conduceva un programma in radio dove prendeva in giro tutti. Io con lui non esistevo, mi ha detto lei, quando andavamo a cena non potevo dire nulla, se no la gente si sarebbe accorta della mia esistenza, che sei matto? Non potevo avere una vita mia, mi prendeva il cellulare, voleva la password di facebook e di gmail, persino quella di linkedin, non ci posso pensare. E tu hai accettato tutto questo?, le ho chiesto io. Sì, perché lui mi piaceva, ha risposto lei, ero totalmente accecata, poi ho capito che avevo smesso di vivere, cioè vivevo ancora ma non per me, per lui, ecco, lui accanto voleva una persona che vivesse per lui, da solo non si bastava, aveva un ego gigantesco e c'era troppo spazio, mi avrà anche tradito, anzi ne sono certa, ma preferisco non saperlo, ormai è passata. Io le ho raccontato della mia prima volta, anche perché era lontana e non volevo che si ingelosisse. Anzi, era più che lontana, era un'altra vita, un altro mondo, un altro me, mi ricordo che per Natale lei mi aveva regalato l'album degli Outkast quello con *Hey ya!* e io quello dei Maroon 5 con dentro *This love* e *She will be loved* che lei mi cantava sempre. Lei è stata l'ultima ragazza con cui sono stato di cui sapevo il numero a memoria e avevo anche quello di casa. Eravamo in classe insieme, lei mi era piaciuta fin dal primo giorno, e a quanto pare anche io a lei, solo che non potevo immaginarlo, visto che fino alla terza media le ragazze non mi guardavano neanche. Sapevo che si frequentava con uno, che aveva una tresca, così diceva lei, che questo, per quello che ricordo io, era biondo, con gli occhi azzurri e un po' scemo. Quella è stata la volta che ho capito che in amore a volte si possono usare delle strategie. Ha cominciato ad avere una tresca anche con me, non facevamo altro che baciarci in classe durante la ricreazione, e poi ci baciavamo anche in giro quando uscivamo da soli e a casa mia o a casa sua quando non c'era nessuno. Prima ho fatto l'errore di chiederle cosa fossimo io e lei, se fidanzati o che ne so, e lei mi ha detto che eravamo liberi, lei aveva una tresca anche con questo biondo, con gli occhi azzurri e un po' scemo, e quindi anch'io potevo sentirmi libero di avere delle tresche con chi volevo. Allora l'ho fatto, mi baciavo con tutte. Quando lei l'ha saputo ha smesso di avere la tresca con quello un po' scemo e mi ha detto che voleva stare solo con me, e io ero felice. Lei però rimandava sempre la nostra prima volta perché la immaginava come una cosa molto dolce e romantica, e pensava che non fosse mai il momento giusto per farlo. Forse meglio d'inverno, anche se l'inverno è appena passato, che d'estate si vedono i segni dell'abbronzatura e abbiamo la pelle un po' chiara e un po' scura e non è bellissimo... E l'ennesima volta che io pensavo che fosse il momento giusto per farlo e lei no eravamo a una festa a casa di uno dei nostri compagni. Io mi ero fatto avanti e lei si era fatta indietro, e allora io mi ero chiuso in una stanza a testa bassa perché ce l'avevo con lei e soprattutto con il resto del mondo che l'aveva già fatto. Lei era venuta a cercarmi e mi aveva trovato lì, e mentre tentava di consolarmi e di spiegarmi ancora una volta le sue ragioni, abbiamo cominciato a toccarci e a baciarci e a toglierci i vestiti. Poi ci siamo guardati intorno e ci siamo accorti che in quella stanza c'erano solo una poltrona e un asse da stiro, che mancava il letto, ma ormai eravamo nudi e non potevamo uscire a cercare una stanza dove ci fosse un letto o qualcosa di simile, anche perché fuori c'erano i nostri compagni di classe che origliavano e ridevano, aspettando che arrivasse la nostra prima volta per festeggiare. E la nostra prima volta arrivava proprio quel giorno, sopra un asse da stiro che avevamo steso per terra, ed era lontana da tutto quello che lei aveva sempre immaginato. Non c'erano castelli, lumi di candela, carrozze, scarpette magiche o altro. C'eravamo io e lei. Nessuno dei due sapeva quale fosse il verso giusto in cui mettere il preservativo e i nostri corpi erano rigidi e sembrava quasi che non riuscissero a muoversi. Non sapevo se fosse entrato, quanto, lei diceva di sì, che le faceva male. Alla fine io ero venuto e fuori c'erano i nostri compagni che cominciavano a bussare alla porta e a fare i cori. Quando siamo usciti ci hanno riempito di applausi e di Ooolé, Evviva gli sposi!, e tutti ridevano. Silvia mi ascoltava, mi ha chiesto se fossimo ancora amici. Io le avevo detto di no, anche perché alla fine del liceo ci eravamo lasciati, lei si era messa con un nostro compagno di classe e c'ero rimasto male. Meglio così, aveva detto Silvia, non bisogna mai rimanere amici degli ex.

18

Nei viaggi io e Silvia potevamo ridere per qualsiasi cosa. Un bambino che prima di salire sull'aereo dice alla mamma se dai parigiani, così li chiamava lui, non era meglio andarci a piedi. Gli annunci delle lotterie e dei profumi che ti vendevano per tutto il volo e non ti facevano dormire. Il mio nome sbagliato sui bicchieri di Starbucks, il suo lo azzeccavano, mentre io diventavo quasi sempre Julio. Lei che mi svegliava mettendomi una delle due casse piccole, che si portava sempre, vicino al letto mettendo la playlist heavy metal su spotify e poi cominciava a saltare sul letto e a stringermi le guance e a farmi il solletico e poi io aprivo gli occhi e lei mi diceva Buongiorno amore mio. Dopo la laurea mi aveva regalato un viaggio a Parigi ed eravamo leggeri, felici, forse eravamo noi e basta, potevamo stare un'ora a girare intorno alla tomba di Oscar Wilde perché non capivamo come avessero fatto a riempirla tutta di baci, a lasciarci sopra i segni del rossetto. Nella metro, potevamo aspettare anche due o tre volte il prossimo treno, e intanto fissare quelle vetrate che avevano messo davanti ai binari che si aprivano solo quando il treno arrivava, per evitare che la gente si buttasse. Le sigarette lì costavano un po' di più, avevano un sapore diverso, sopra i pacchetti c'era scritto FUMER TUE, e io le dicevo che il vero significato era "fuma le tue". Potevamo entrare in un supermercato e fingere di dover fare la spesa e poi scoprire che gli unici biscotti italiani che vendevano lì erano i baiocchi, che costavano sei euro perché in Francia venivano considerati gourmet. Il problema poi era tornare a casa, alla nostra vita di sempre. Perché insieme alla madre con cui non parlava e al padre che si faceva vedere ogni tanto, a mia madre in ospedale e a mio padre che era tutto silenzi iphone settimana enigmistica e zapping, al futuro che si faceva sempre più vicino e sembrava quasi presente e non potevamo più rimandarlo, tornavano anche tutti gli umori, le altalene, la noia, la voglia di scappare, di stare un po' da soli per poi pentirsene un attimo dopo. Mi ricordo una sera che eravamo da lei, io guardavo la sua stanza come lei aveva guardato la mia, come fossi in un museo, e provavo a indovinare un po' tutto quello che le era successo prima di me. Eric, dopo che gli avevo raccontato di quella volta, oltre a non scusarmi, a dirmi non imparerai mai e cose così, mi aveva preso in giro dicendo che forse a me e Silvia erano le case a fregarci. Dovreste fare un viaggio a settimana e vivere in mille airbnb diversi, aveva detto lui. Anche lei aveva delle locandine appese alle pareti, Belmondo e Seberg spettinati sul letto con la scritta *À bout de souffle* e non *Fino all'ultimo respiro*, una scena di *The dreamers* per strada dove c'era il cartello SOUS LE PAVÉS, LA PLAGE, la locandina di *Lost in Translation* con Bill Murray seduto sul letto. Le ho chiesto cosa volesse dire e lei mi ha risposto Sotto i sanpietrini c'è la spiaggia, e mi ha sorriso. Avevo pensato a mia sorella, a quando lei scriveva tutte quelle citazioni sui muri. Anche Silvia lo faceva, solo con pezzi di poesie che metteva sui dei foglietti a righe che ritagliava a forma di nuvola o di farfalla o di fiore e poi incollava sul muro. "Mai davvero felice e mai del tutto infelice" (GR), "Quando una donna ama un uomo, vuol dire che sono andati al fiume a nuotare nudi in una mitica giornata di luglio" (DL), "C'è più gusto a bere una coca-cola con te che ad andare a San Sebastián, Irun, Bayonne o a dare di stomaco in mezzo alla Traversera de Gracia a Barcellona"

(FOH)... Questa di chi è?, le ho chiesto. Frank O'Hara, scuola di New York, mi ha detto lei, bella, vero? Nella sua libreria sparsa per tutta la stanza, c'erano *Papà Goriot*, *Primo amore*, *Tropico del Cancro*, *L'animale morente*, *Festa mobile* e *I quarantanove racconti* di Hemingway, che ho aperto per leggere l'indice e ho scoperto che vicino a qualche racconto lei ci aveva disegnato dei piccoli cuori. Eh sì, mi ha detto lei, gli altri non mi hanno detto nulla. C'erano solo vinili, e alcuni erano gli stessi di mio padre. Pensavo a quello che diceva Vins una volta che eravamo usciti, se l'era presa con i nostalgici, Nostalgia di cosa che manco eravate nati? Ma inventateveli voi i ricordi, qualcosa di nuovo! Poi mi sono perso in una stampa attaccata al muro sopra la scrivania, un uomo e una donna che si baciavano vicino a una finestra, di profilo, le loro facce diventavano una sola faccia nel bacio, era tutto così blu lì dentro, la giacca di lui, i palazzi, la strada, un albero, due passanti, le altre finestre chiuse che si vedevano lontano e sembravano piccolissime. Accanto ce n'era un'altra, dentro c'erano un ragazzo e una ragazza che si guardavano negli occhi, solo che gli occhi quasi non li avevano, e neanche le labbra, come se non potessero parlarsi, e intorno a loro sembrava tutto così calmo, inanimato, mancava l'aria. Ho sentito la fronte di Silvia che si posava leggera sulla mia schiena, ero tornato lì, con lei, era tutto quello di cui avevo bisogno. Abbiamo fatto l'amore, in silenzio, senza preliminari, perché eravamo stanchi e volevamo quello, solo quello, fare l'amore, non c'è un prima né un dopo, un rettangolo di letto dove c'è tutto, non manca niente, l'eternità, è un per sempre che si vede, si sente, io dentro di lei, i suoi seni schiacciati su di me, le nostre gambe che si agitano per farsi spazio, i fianchi che si muovono, noi che diventiamo una cosa sola e che non siamo più soli. Ci siamo addormentati insieme. Io mi sono svegliato, la luce era ancora accesa e l'ho vista, a pancia in giù con il viso quasi tutto coperto dai capelli. Saranno state le quattro o giù di lì, mi sono rivestito senza far rumore, tenendo stretta la fibbia della cinta che appena ho sollevato i pantaloni da terra faceva din din din. Non ho spento la luce, come se lei me l'avesse chiesto, e al centro del tavolo, tra l'agenda e il mac, sotto due matite e una penna ho visto il taccuino delle sue poesie. Sono rimasto fermo a guardarlo, a guardare lei che dormiva, che respirava, sdraiata, davanti a me, ho riguardato la sua camera, che in quel momento era quasi tutta in penombra, le poesie, i baci alla finestra, Bill Murray che mi guardava come per dirmi No, non ci credo, vuoi farlo davvero? Ne leggo giusto un paio, pensavo, poi chiudo, ma se si sveglia e mi vede è la fine. Poi l'ho fatto, ho preso il taccuino e l'ho aperto a caso: *Facciamo che tu mi presti la tua infanzia, / io ti presto la mia. / Poi chiedimelo ancora, / se ti amo o no...* Ho scorso qualche pagina: *Lui ha paura dell'inizio / io della fine...*

Allora l'ho chiuso, l'ho rimesso sul tavolo, così com'era, poi l'ho guardato, avevo il cuore che batteva e rimbombava dentro di me, forse per quello che avevo appena letto o per paura di essere scoperto, mi sono girato verso di lei che ancora dormiva, non si era mossa da quando mi ero svegliato, ho ripreso il taccuino e me lo sono portato a casa. Io, quel taccuino, ancora non l'avevo riaperto, anche se era lì con me, sulla mia scrivania, in mezzo alle mie cose. Ma nessuno mi avrebbe creduto il giorno dopo. Né Eric, che avevo chiamato la mattina presto dopo essere rimasto per ore con gli occhi persi nel buio, né Vins, che in più mi diceva Ormai il danno è fatto, a questo punto leggile tutte, che ti frega, né gli altri a cui l'avrei raccontato anche solo per caso. Avevo provato a chiamare Silvia ma il cellulare era staccato e a casa, be', il numero di casa non ce l'avevo ma dalla finestra sembrava che non ci fosse nessuno. Guardavo la solita poltrona come fosse una condanna, mi vedevo lì, di nuovo, come mio padre, che però era da un po' che non ci sprofondava dentro, stava sempre fuori, la guardavo come una condanna, pensavo forse questa è la poltrona di chi sbaglia, la poltrona di chi non si sente poi così bene, di chi sa che c'è qualcosa che in fondo non va. In quel periodo Silvia andava a studiare in una biblioteca vicino a piazza Navona, diceva che a casa dopo un po' perdeva la concentrazione, invece quella biblioteca le piaceva, era piena di luce e c'era un giardino pieno di aranci con una fontana in mezzo dove poteva andare a fumare ogni tanto. Non era lontana da casa, due chilometri a piedi, più o meno, quella mattina li ho fatti tutti di corsa con il vento freddo che mi faceva lacrimare e mi lasciava gli occhi lucidi. La ripassavo mentalmente, la strada, Castel Sant'Angelo, il ponte con le statue, poi tutta dritta in quella stradina senza nome dove non passano le macchine, almeno fino a un certo punto, poi corso Vittorio ma per poco e nello spazio con la chiesa, quello sempre pieno di piccioni, devo girare subito a sinistra, poi c'è il teatro, il parcheggio coi motorini, le bici attaccate al muro e ci sono. Fuori c'era Laura che fumava da sola, le ho fatto un cenno con la mano e lei, appena mi ha visto, ha buttato la sigaretta a terra ed è entrata di corsa. Non ho fatto neanche in tempo ad arrivare che è uscita Silvia, si è guardata un attimo intorno per cercarmi e poi mi ha visto, e aveva lo stesso sguardo che aveva a casa quando le ho letto il messaggio. Con gli occhi allucinati di rabbia, le vene in vista sul collo e pure una che stava comparendo sulla fronte, si è gettata contro di me per spingermi, per poco non mi buttava sotto una macchina. Sembrava che mi avrebbe sparato, accoltellato, fatto a pezzi e gettato nel fiume, soffocato con le sue mani. Poche ore prima eravamo sdraiati, senza tutti quei vestiti che ci dovevamo mettere addosso per farci vedere dagli altri, dentro alla sua stanza che sembrava un planetario. Eccoci a dare spettacolo nel mondo dei grandi, con la gente che allungava il passo e poi si girava per vedere come andava avanti, i commessi che uscivano dai negozi e cercavano di capire chi fossero quei due che urlavano così forte, lui con un taccuino in mano che diceva di non aver letto nulla, lei che urlava tienitelo e fattici le seghe, mentre lo prendeva a schiaffi e lo faceva indietreggiare a forza di spinte. Ecco cosa succede ai bambini quando finiscono nel mondo dei grandi.

19

Come tuffarsi a candela in una piscina nella parte dove c'è l'acqua alta, toccare il fondo con i piedi e sentire quel silenzio tutto intorno che ti fa scoppiare le orecchie. Come immaginare un bacio, avvicinarsi lentamente e vedere lei che si allontana, che ti chiede cosa fai, che ti dice meglio di no, che non è il caso, imbarazzata più per te che per lei. Come pronunciare male il nome di una città, a scuola, durante un'interrogazione, e vedere gli altri che ridono di te insieme al professore. Come prima di giocare a calcio, nel momento in cui fanno le squadre, vedere che ti scelgono per ultimo perché nessuno ti conosce. Come sentire tua madre che parla a bassa voce con tuo padre, che gli ricorda i giorni importanti, se no lui dimenticherebbe ogni cosa, non saprebbe nulla di te. Come guardare in un video tutta la tua vita che crolla e che non tornerà più. Come quando scopri che Babbo Natale non esiste, che non si muore solo di vecchiaia, che l'amore a volte finisce e dopo si sta insieme per abitudine o per paura di rimanere soli. Casa mia era cambiata, non era più il luogo delle sveglie e della musica e dei figli che arrivavano per caso che invitavano a cena gli amici degli amici degli amici, non c'erano più porte che si aprivano quando altre si chiudevano, i rumori della moka, degli accendini e del primo tiro sospirato di una sigaretta, dei piatti che entravano nella lavastoviglie, del citofono, dei telefoni, dell'acqua che scorre, quella di chi si fa la doccia, di chi si lava i denti, di chi riempie una bottiglia o una pentola per poi fare il miracolo, quello di mettere l'acqua sul fuoco senza che si spenga. Era diventata il luogo dove i miei non c'erano, quanto avrei dato qualche anno prima per vederla così, con loro che partivano e che me la lasciavano libera. Ora, invece, me ne stavo fermo, imbambolato, a fissare il tavolo dove c'erano state almeno un milione di cene e un miliardo di pranzi, dove adesso c'era solo una settimana enigmistica tutta spiegazzata. Sono entrato nello studiolo di mio padre, sulla scrivania c'erano un portamonete vuoto, un fermacarte, un bicchiere pieno di pennarelli giotto, lo scotch, mio padre usava ancora lo scotch, un bicchiere pieno di forbici, un posacenere pieno di accendini, un post it con la password del wi-fi, degli occhiali da sole ray-ban neri identici ai miei, una sveglia della oregon scientific, la moleskine quadrata che gli avevo regalato io per Natale ancora incellofanata, una busta trasparente blu piena di scontrini, una crema della nivea, l'amuchina, e sotto al tavolo una pista di macchinine di tutti i colori ancora incartata dentro a una busta di toys giocattoli. Sul letto c'era il romanzo di Barth, *L'opera galleggiante*, con il segnalibro ancora fermo alla prima pagina. L'ho girato per leggere la quarta di copertina, per sapere di cosa parlasse, era la storia di un avvocato che raccontava di un giorno della sua vita in cui aveva pensato di suicidarsi. Tutto il romanzo, così c'era scritto lì, girava intorno a quel giorno. Ho pensato subito a mio padre, mi sono chiesto dentro di me se lui, anche in un solo giorno della sua vita, ci aveva mai pensato. Sentivo dentro di me come un terrore, non avevo idea da dove venisse. Lo immaginavo quasi sdraiato sulla sua poltrona, a pensare cose terribili, I miei figli non mi parlano, non so nulla di loro, mia moglie mi ama solo quando sta male, io ho buttato trent'anni della mia vita e adesso è come se fossero sempre le 18:30, quell'orario in cui è comunque troppo tardi o troppo presto per fare qualsiasi cosa, e quindi boh, che vivo a fare? Mi sono ricordato che quel libro lui non l'aveva scelto da solo, gliel'aveva consigliato qualcuno, una libraia, forse, in quella piccola libreria dove andava sempre lui a Trastevere. Dovevo fare qualcosa, anche perché lì da solo in quella casa stavo impazzendo. E allora sono andato in quella libreria. Quella piccola piazza dove c'era la libreria l'avevo vista solo di notte, anche lì c'era una fontana circolare, con delle scale che le giravano intorno. Una sera io e Silvia eravamo seduti abbracciati su quelle scale, non sapevamo se guardare quello che spegneva il fuoco mangiandoselo o un mago in bicicletta che aveva la parrucca e per ogni magia urlava Guardaaa! La libreria era piccolissima e fuori, all'ingresso, c'era una lavagna con gli appuntamenti della settimana. Dentro, nascosta dietro a un computer e a delle piccole colonne di libri c'era una ragazza con gli occhialetti tondi, un maglioncino grigio leggero e i capelli raccolti in una matita o in una bacchetta cinese. Buongiorno, mi ha detto lei. Io ho fatto il cliente per qualche minuto, guardavo le novità, i libri consigliati dalla libreria. Se posso aiutarti, poi, chiedi pure, mi ha detto. Sì, grazie, ho risposto io, vedevo che ogni tanto mi guardava, come se mi conoscesse o avesse paura che rubassi qualcosa. Ecco chi era, pensavo, era lei la libraia carina che aveva consigliato il libro a mio padre, quella che secondo lui era di quelle che piacciono a me. Allora le ho detto sì, forse potresti aiutarmi, per caso un po' di tempo fa hai venduto un romanzo di Barth a un signore medio alto, capelli grigi, né magro né grasso...? Che romanzo?, mi ha chiesto lei. *L'opera galleggiante*, ho risposto io. Lei si è ricordata subito, mi ha raccontato che prima quel signore lo vedeva spesso, che era uno molto galante, un uomo d'altri tempi, diceva, facendo la voce grossa con una faccia che era un po' buffa. È un tuo amico?, mi ha chiesto lei. È mio padre, ho risposto io. Be', ha detto lei, sei fortunato, tuo padre è un grande, aveva sempre qualche storia divertente da raccontarmi. E tu sei il figlio letterato o quello artista?, mi ha chiesto. Quello letterato, almeno credo, ho risposto io ridendo. Ero lì per fare giustizia, per proteggere mio padre, anche se un po' in ritardo, per chiederle perché avesse consigliato un libro sul suicidio a un uomo depresso, ma non ce l'ho fatta. Piacere Carlotta, mi ha detto lei. Piacere Giulio, le ho detto io. Lei era bella, mi parlava con dolcezza, non capivo da dove venisse, ma nella sua cadenza si sentivano tutti i viaggi che aveva fatto. E a me che libri mi consiglieresti?, le ho chiesto. Mmm, ha fatto lei, fammici pensare, tu sei uno da storie strappacuore che però poi finiscono bene, giusto? No, non ti sto prendendo in giro, eh, piacciono anche a me, hai letto *Il senso di una fine*? Oppure *Gli innamoramenti*, che per me è un po' un classico. La vedevo muoversi dentro quella libreria, leggera come se danzasse, mettersi in punta di piedi per prendermi i libri più alti, gesticolare. Poi, mi ha detto, se vuoi il romanzo migliore sulla dinamica padre-figlio ti consiglio un vero classico, non so se lo conosci, *Pinocchio*. Il tempo si era fermato, non pensavo più a tutto quello che era successo, a chi ero io nel mondo, a chi era lei, a cosa avevamo fatto prima di incontrarci, e neanche lei sembrava pensarci. Abbiamo preso un caffè in un bar lì vicino, ha lasciato un cartello con scritto TORNO SUBITO, FORSE appeso all'ingresso della libreria. Aveva studiato psicologia, faceva la libraia di giorno e la barista di sera, per mantenersi. Credo di averle sempre capite le persone, diceva, non mi serviva certo psicologia, e poi fare questi lavoretti mi fa bene, mi distrae un po' da me stessa, parlo con tutti, non vorrei mai finire come quegli psicologi che quando escono vogliono parlare sempre perché sono stati tutto il giorno ad ascoltare i pazienti in silenzio. Mi ha detto che di lì a qualche mese sarebbe andata a New York a fare un dottorato, perché l'anno prima l'aveva provato ovunque in Italia ma non ce l'aveva fatta. Io annuivo, le davo ragione, e intanto sognavo anch'io una vita lontano da Roma, mi piaceva l'idea di ricominciare tutto da capo. Io le ho raccontato del corso d'inglese, che avevo superato la prova del TOEFL, che poi TOEFL era l'unica parola che ancora non sapevo pronunciare bene, e lei mi aveva detto di buttarmi, di provare anch'io un dottorato fuori. Conosci Devendra Banhart?, mi ha chiesto. No, le ho detto io, chi è? È un cantante newyorkese bravissimo, mi ha detto lei, fa delle canzoni un po' strane, un po' surreali, dolci, canta in inglese, spagnolo, francese, compone anche, poi è giovane, è nato nel 1981, per allenarmi un po' con la lingua ultimamente provo a tradurre i suoi testi, alla fine se li ascolti bene si capiscono. Aspetta, mi ha detto, te lo faccio sentire, ha preso le cuffie e me ne ha data una, io R e lei L, ha aperto spotify sul cellulare, ha messo una canzone che si chiamava *Your fine petting duck*. Questa è un po' triste, diceva lei, però è bella. Mi ricordava *Stand by me*, mi veniva da portarla al mare su una di quelle macchine scoperte, mi veniva di ballare con lei, fare il giro della piazza, della fontana, dei bar, così, ballando, io avrei trovato l'angolo della sua schiena che aveva la forma della mia mano, lei avrebbe nascosto la sua mano nella mia, ci saremmo guardati, ma mica intorno, che importa degli altri, negli occhi, le avrei detto che la amavo, perché era così, perché mio padre diceva che le donne se lo vogliono sentir dire, ma secondo me tutti se lo vogliono sentir dire, almeno una volta al giorno. Qualcuno si sarebbe dato appuntamento in quella piazza, si sarebbero chiesti Oddio, quella che piazza è?, Dai, è quella del mago con la parrucca che urla guardaaa, del mangiafuoco, di quei due che si sono innamorati ballando. Lei mi guardava per capire dai miei occhi se mi piacesse, io la guardavo, potevamo baciarci, eravamo vicini, sentivo quasi l'aria che veniva dalle sue narici, poi lei mi ha detto Adesso farà un concerto a Roma, ti va se andiamo insieme? Seguivo le sue labbra prendere la forma delle parole, gli occhi che ogni tanto si abbassavano per prepararsi a finire ancora nei miei, cercavo di immaginare questo cantante americano, poi verso la fine, mentre ero su, un po' per aria, qualche metro sopra i sanpietrini che brillavano al sole, ho rimesso i piedi sulla terra, ero di nuovo io, con il mio corpo, i miei occhi ancora pieni della mia vita con Silvia, le mie orecchie ancora occupate dalle sue parole. Stavo ancora con lei, potevo parlare di noi, forse no, io ancora un po' ci speravo, mi sono chiesto dove fosse Silvia, mi mancava, mi mancava la mia vita con lei, allora le ho detto Non lo so, proprio così, con una freddezza che non era mia. I suoi occhi buoni e pieni di luci si sono spenti. Sono andato alla cassa per pagare il caffè, l'ho accompagnata fino alla libreria e l'ho salutata, un bacio veloce al centro della guancia e lontano dalle labbra.

20

Ho sognato che eravamo al Pantheon, io e Silvia, intorno a noi le solite storie, i cavalli fermi che aspettavano di andare, le file di turisti dappertutto, le foto in posa davanti al colonnato, tutti quei sanpietrini che facevano su e giù che sembrava come di camminare sulla sabbia. Te lo ricordi?, diceva lei, qui ci siamo baciati per la prima volta. Ho notato Vins che mi seguiva, l'altro giorno. Lui vuole che ci lasciamo, te lo dico io, si è fissato con me. Questo è un posto speciale, per me, per noi, volevo dirti che non è successo nulla, che non è come sembra dal video, lui ti ha mostrato quello che voleva che tu vedessi, sapeva di farti del male, ma io sono uscita con lui perché si sentiva solo, anche per quello che mi avevi raccontato tu, ti pare che faccio una cosa del genere? Non è successo niente tra noi, davvero. Mi sono svegliato di colpo. Il signore accanto a me adesso guarda un film, non ho idea di che film sia, ha le cuffie e ogni tanto sorride. Si è accorto che lo stavo guardando anch'io, anche se per me è come un film muto, allora mi ha guardato, se n'è tolta una e me l'ha offerta. No, ho risposto, non si preoccupi. Sembra bello, mi ha detto lui, anche se ancora devo abituarmi ai sottotitoli. La stessa cosa che ha detto mio padre, una sera che abbiamo visto un film su Sky classic, dopo che mamma è tornata a casa. Quella sera, me lo ricordo, c'era anche Silvia. Non lo so come l'avevo convinta a tornare, avevamo ripreso a vederci, a uscire, ma forse non era mai tornata davvero, passava del tempo con me ma non era più lei, però non ci pensavo troppo, ci stavamo riavvicinando e mi bastava. Ci eravamo rivisti dopo tanto tempo in un ristorante, per la festa di mia madre, per il suo ritorno alla vita, che stava riprendendo peso, quasi non barcollava più. Avevo usato mia madre come scusa per rivederla, sapevo che avrebbe accettato. Quella sera Eric era un po' brillo, rideva per qualsiasi cosa, aveva invitato anche Laura. Che bella che è questa ragazza, dove l'hai conosciuta?, gli aveva chiesto mia nonna, e lui le aveva risposto tinder. Tinder?, aveva detto lei, e cos'è? È una città olandese, nonna, avevo detto io. Silvia non aveva riso, anzi non diceva una parola, come quella sera a casa mia mentre guardavamo quel film con i miei. Mia madre se ne stava tutta rannicchiata sulla poltrona, io e mio padre eravamo seduti sul divano, con Silvia in mezzo a noi. Era un film a episodi, quello, il primo era diretto da Truffaut, e c'era Antoine Doinel, cioè Léaud, giovanissimo. La prima cosa che fa quando si sveglia, Antoine, è accendersi una sigaretta. Sembra felice perché ha diciassette anni e vive già da solo, lavora in una fabbrica di dischi, è indipendente dai genitori. Sembra un bambino che si traveste da adulto, va in giro per Parigi con il cappotto, s'intravedono sotto la camicia e la cravatta. Mentre sente suonare un'orchestra dal vivo si gira, si distrae, vede Colette, il suo profilo, e si innamora di lei. Lei sa che lui la sta fissando, si morde le dita, mette la collana in mezzo ai denti, si tocca un po' i capelli. Lui le va a parlare, escono insieme, bevono spremute mentre parlano di musica, lei lo tratta da amico e lui fa finta di nulla. Ogni tanto lei gli dà buca, al telefono gli dice che fa tardi la sera perché esce con amici che ne combinano di tutti i colori. Lui le scrive una lettera d'amore, poi conosce i suoi genitori, la madre di Colette lo trova romantico. Forse, gli dice lei, per i tuoi capelli lunghi. Un giorno lui decide di trasferirsi e va ad abitare di fronte a loro, fingendo che sia un caso. Lui la ama, lei lo guarda con affetto, tenerezza, niente di più. Non dovevo farle vedere che sono innamorato, dice Antoine a un amico, mi tratta come un bambino. Mio padre, quella sera, mentre vedevamo il film, diceva che non gli piacevano i sottotitoli, che per leggerli ti perdevi il film. Io dentro di me ridevo, non avevo detto nulla, pensavo a quello che stava pensando Silvia. Lei, tra me e mio padre, con lui che aveva allargato il braccio e che sembrava sfiorarle la spalla, lei che forse era in imbarazzo, forse no, fa strano pensarci adesso, e che ogni tanto lo guardava. Non mi piace il senno di poi, non mi piace pensare troppo alle cose che accadono, anche se poi lo faccio. Mi piacerebbe ricordarle per quello che erano, che sembravano quando sono accadute. Il mondo dei grandi è anche questo, per ogni cosa c'è una spiegazione, c'è un discorso, fatto con un tono serio, un po' impostato, quasi sempre paterno, che ti dice sai, a volte non è quello che sembra. E quindi c'è un dietro, una parte nascosta che all'inizio non vedi, la firma dell'autore dietro a un quadro, una data, la dedica in un libro, la storia dietro a quella dedica, la battuta di un film, le battute nella vita, gli sguardi, le colazioni, i viaggi, le foto, i video che ti cambiano la vita, anche perché sono quello che sembrano, anche se appartengono al mondo dei grandi. Magari ci sono quattro persone dentro a una stanza, che vivono, che si parlano, che ascoltano, sembra per tutti la stessa storia ma forse non è così, solo due di loro sanno come stanno davvero le cose. Due persone camminano per strada, parlano di una terza persona che non c'è, non è lì con loro fisicamente, però è nell'aria, in tutto quello che raccontano, una fa delle domande, l'altra risponde, è felice di rispondere, di aprirsi, che qualcuno si interessi davvero a lei, non può neanche immaginare che quelle sono domande che la prima persona fa non perché è interessata alla seconda persona, che è lì, cammina accanto a lei, ma perché è interessata alla terza, a quella che non c'è, a capire come muoversi, come raggiungerla, come conquistarla. Avrei potuto mandare tutto a monte, la mia famiglia, e insieme a lei la mia vita, tutto quello che sono stato. Come a dire Ah, sì, quindi questo sarebbe diventare grandi? Cioè da grandi ci si comporta così? Si fanno queste cose e poi sta pure bene a tutti, com'è che li chiamate voi, compromessi? Be', a me non piace, non mi sta bene, anzi mi fa schifo, stavo quasi per farlo, per far scoppiare tutto ma poi, ecco, forse non era la cosa giusta da fare. Ero come in un limbo, era come quando in casa salta la corrente e nel buio cerchi di indovinare dove sei. Mia madre era tornata a casa, non riusciva a tenere ferma la moka quando versava il caffè, la bottiglia dell'acqua mentre la versava, si innervosiva, non era ancora lei e lo sapeva. Le veniva da piangere perché non dipendeva da lei, non poteva farci nulla. Quasi tutti i suoi discorsi cominciavano con In ospedale facevamo, in ospedale ci facevano fare, in ospedale tutte queste cose buone me le sognavo. Era ancora lì, non era uscita del tutto. Il suo corpo era a casa, si muoveva in mezzo a noi, ma il suo sguardo, le sue abitudini, il suo modo di pensare alla vita no, quello non l'avevano ancora dimesso. Io stavo tutto il giorno fuori, andavo in facoltà, all'orientamento, per capire quale sarebbe stato il mio futuro, e dove, e lei se la prendeva con mio padre, gli rispondeva male, lo insultava e poi gli chiedeva scusa, e lui capiva. Era un periodo strano, di quelli in cui cerchi un ricordo, un dettaglio, una cosa qualunque che ti sia familiare, per non perderti. Con Silvia ci vedevamo, lei però aveva cominciato a pubblicare le sue poesie su facebook, e ogni tanto faceva anche dei video di lei che le leggeva, nella sua stanza, la riconoscevo dalla libreria, da Bill Murray, che se ne stava sempre lì, a guardarmi, come a dire te l'avevo detto che non dovevi farlo, ma tu non mi hai dato retta... Era tornata l'estate, ma noi eravamo rimasti un po' indietro. Ci vediamo domani?, le ho scritto. Domani parto, ha risposto lei. Mio padre diceva di sentirsi stanco. Dentro di me credevo che i miei si ammalassero a ritmo, quando stava bene lui stava male lei, quando stava male lui stava bene lei, così avrebbero potuto aiutarsi, sostenersi a vicenda. Il solito medico, quello che avrebbe dovuto fare il comico, che prendeva tutto alla leggera, che per poco mio padre non gli metteva le mani addosso, ecco, gli aveva detto che doveva smettere di fumare. Ha presente l'opera di Kentridge?, gli aveva chiesto il medico. No, ha risposto mio padre. Quella sul lungotevere, gli ha detto lui, dai, giù, davanti al fiume, mezzo chilometro di stencil, di disegni sulle mura, creati solo pulendo lo smog che si è depositato negli anni sul travertino, ecco, i suoi polmoni adesso somigliano a quelle mura lì, non so se rendo l'idea. Gli aveva consigliato un centro, in Svizzera, dove passare una settimana per disintossicarsi, per convincersi che il fumo uccide davvero, mica per scherzo. Allora è partito, mia madre è rimasta a casa con me, ancora faceva fatica a uscire da sola, non riusciva a guidare, figuriamoci a fare un viaggio. Io cercavo di stare con lei, di farla sentire viva, di non farla sentire sola. Non sapevo cosa sarebbe successo a settembre, ero attratto dall'idea di un'altra vita, a Parigi, a Lisbona, a New York, così magari avrei rivisto di nuovo Carlotta, ma poi pensavo a Silvia, che se ne stava in Spagna, sulla spiaggia della Concha, mi mandava delle foto da lì. Certo che i posti di mare si somigliano tutti, Sperlonga, San Teodoro, Positano, Santorini, San Sebastián, le case colorate, le stradine in salita, delle grandi terrazze pubbliche da cui spiare il sole che piano piano va giù, che si nasconde sotto il mare. Non vedevo l'ora che tornasse, l'aspettavo come un bambino aspetta la sera di Natale. Più pensavo a lei, più capivo che era l'unico motivo per rimanere a Roma.

Tornato a casa, mio padre aveva preso colore, aveva lo stesso sorriso di quelle foto in cui era giovane. Era più dolce con mia madre, sembrava che fossero sposini, le portava il caffè a letto, e le sorrideva, sempre, anche quando lei rispondeva male. Diceva di sentirsi meglio, aveva anche ripreso a disegnare. C'era una bambina seduta sulle scale di quella che sembrava una chiesa, o forse una scuola, aveva un'aria triste, la testa poggiata sui palmi delle mani, con le dita che le tiravano su le guance, i gomiti poggiati sulle ginocchia, e uno zaino, molto più grande di lei, a forma di cuore. Ce n'era un'altra che spingeva un passeggino che sembrava pesantissimo, come fosse fatto di pietra, c'era un cestino pieno di fogli accartocciati, c'era una mosca ferma sul vetro di una finestra, mio padre era stato bravo, perché non si capiva se quella mosca fosse dentro o fuori.

Silvia era tornata ancora più bella, le si erano schiariti i capelli, e sulle braccia, sulle guance, negli occhi, c'era tutto il sole della Spagna. Ci siamo visti in un caffè che avevano appena aperto vicino a piazza Cavour, facevano torte, crostate di ogni tipo, e il soffitto era pieno di abat-jour appese a testa in giù. Mi faceva vedere alcune foto, il mare vicino alla montagna, il mare pieno di piccole e grandi barche, le file di ombrelloni di tutti i colori, arancioni gialli blu rossi azzurri verdi, c'era lei sorridente davanti alla città, una piccola città che in parte si affacciava sul mare, quella parte, mi diceva lei, di giorno stava sempre al sole. C'era molto vento, in una foto lei aveva gli occhiali da sole e un cappello di paglia che aveva comprato in un chioschetto accanto alla spiaggia, se lo teneva fermo con la mano, giusto il tempo dello scatto, dietro di lei gli ombrelloni un po' incurvati, bambini che correvano, altri che si stavano alzando, il mare pieno di onde, con i cavalloni. In alcune foto il cielo era un po' sfocato, si vedeva poco, era rosa, quasi, come se qualcuno avesse messo il dito sopra l'obiettivo. Abbiamo ordinato una coca-cola, io normale e lei zero. C'è più gusto, le ho detto io, a bere una coca con te che ad andare a San Sebastián. A Roma che è successo?, mi ha chiesto lei, come se fosse mancata da anni. Niente di che, le ho detto io, pare che a fine agosto chiuderanno i nasoni. Come?, mi ha chiesto lei, E perché? Eh, ho fatto io, perché dicono che è stata la prima estate senza piogge, manca l'acqua, so che ci sarà la notte dei nasoni, cioè l'ultima notte in cui saranno aperti, ecco. Lei mi ha sorriso, erano tornati i suoi occhi, quelli che mi avevano sempre protetto e illuminato la vita, era tornata la sua voglia di alzarsi e di baciarmi davanti a tutti, di cambiare posto per essere più vicina a me.

21

Poi una sera di quell'estate è cambiata tutta la mia vita. Ed è assurdo, forse non ha senso, che uno ci metta tutta una vita per capire chi è, per farsi degli amici, delle abitudini, per imparare a seguire i ritmi del suo cuore, per capire dove sia, come si muove, come sta, quant'è grande, per costruirsi dei ricordi che lo facciano star su, e poi bastano due minuti e cinquantaquattro secondi, 2'54", per cancellare tutto, per farti pensare le cose peggiori, tipo che è tutto finto, che la vita è una messinscena, se sai recitare la tua parte bene, se no sei fuori, il teatro è già pieno e non sono rimasti neanche i posti in piedi. Quella sera non mi sentivo bene, dovevo andare al cinema con Silvia, con Eric che era tornato dalla vacanza con Laura, ma ero fiacco e mi sentivo la febbre. Mi dispiaceva perché volevo vedere quel film, lo davano in due sale e l'avrebbero tolto il giorno dopo. Silvia mi aveva mandato un messaggio con scritto Si intitola *I miei giorni più belli*, anche se il titolo originale è *Trois souvenirs de ma jeunesse*, Tre ricordi della mia giovinezza, la solita storia... Mi era arrivata una mail di Vins, che non mi aveva mai scritto una mail, che aveva per oggetto Baci rubati, c'era allegato un video. Pensavo alla sua solita presa in giro un po' da nerd, una parodia di Antoine Doinel, un doppiaggio strano, non so. Il video cominciava con delle persone in fila per entrare al cinema, per pagare il biglietto, venivano inquadrate solamente le gambe, si sentiva qualche voce, uomini, donne, ma era più un brusio, poi il video diventava nero e si sentiva lui che pagava il biglietto, poi di nuovo chiaro, un uomo un po' in carne con la polo blu che gli strappa il biglietto, lui che sceglie la fila, M, una delle ultime, si siede e riprende la sala, quasi piena, sedie rosse grandi che sembrano comode, una marea di teste girate, di nuche, i trailer nello schermo, si vedeva solo Ryan Gosling che cantava al chiaro di luna, poi di nuovo le nuche, una panoramica, le uscite di sicurezza, il bagno, poi si è fermato e ha fatto un leggero zoom su due che erano seduti vicini, lui con i capelli grigi, lei con i capelli castani, padre e figlia, forse, lei che si gira, che lo guarda, poi si gira anche lui e poi mi si è fermato il cuore, anzi non lo so dov'era finito, non lo sentivo più, come il respiro, in realtà credo di essere svenuto. Quando mi sono ripreso ho digrignato i denti. Ho pensato che non mi andava più di sognare, ne uscivo sempre male. Avevo la fronte che scoppiava. Il mac era in stand by, con lo schermo spento, ho premuto un tasto a caso e si è riacceso, e c'era ancora la schermata sulla mail di Vins, con davanti il riquadro nero del video. L'ho rimesso dal punto in cui l'avevo lasciato, due nuche, una castana e l'altra grigia, lei che si gira per guardarlo, lui che la guarda, si sorridono, lei ha uno sguardo un po' timido, come lui, poi lei lo bacia, a stampo, rapidamente, lui trattiene quel bacio, e io mi sento morire. Non avevo mai visto Silvia così, e neanche mio padre, se non nelle foto di quand'era giovane. Poi si spengono le luci, parte l'ultimo trailer e si sente una voce, a lato, che urla Tu che cazzo fai?, e lì il video si interrompe e diventa tutto nero.

 Conosco a memoria ogni fotogramma di quel video, potrei andare in quel cinema e rigirarlo identico, anche se forse non ci ritroverei mio padre che si bacia con la mia ragazza. O forse sì. Quella è stata la settimana più brutta della mia vita, e anche la più lunga. Ho spento il telefono, ho avuto una febbre altissima per tre giorni, ho vomitato l'anima. Mi sono chiuso nella mia stanza come quand'ero bambino. Un bambino che giocava nella sua stanza col suo amico immaginario, mentre fuori il mondo andava avanti senza di lui. Era così che mi sentivo, anche se non ero più un bambino e non avevo nessuna voglia di giocare. Guardavo la foto di me e mio padre davanti alla ruota panoramica e non sentivo più nulla, la vedevo come una di quelle foto che usano nei negozi per far vedere quanto sono belle le cornici. Mi sono guardato intorno e ho visto le cose per quello che erano, cioè cose, oggetti, e basta, foto, libri, film, Buzz Lightyear che rideva con il pugno verso l'alto e i fantasmini, che di notte s'illuminavano, era tutto finto. Léaud, Doinel, come ti chiami, pensavo, che te ne stai lì in pigiama a parlare da solo, a fare le facce davanti allo specchio, sei solo un attore, sei finto, non mi assomigli per niente, e poi tu ti lamenti sempre, non sai mai cosa fare, adesso te lo dico io, e se te lo stai ancora chiedendo, sì, si può stare con una donna che sa solo sorridere, come vedi c'è di peggio. Non avevano senso la forza di gravità, la teoria eliocentrica, il Big Bang, i dinosauri, la selezione naturale, il ciclo di Krebs, il buco dell'ozono, le nuvole, il sole, la pioggia, il cielo azzurro che la notte diventava blu, non aveva senso un mondo dove i ricordi erano così fragili. Mi veniva da vomitare. Ho pensato di chiamare mia madre, di farla venire nella mia stanza come in quelle mattine che fingevo di star male per non andare a scuola o quelle notti quando urlavo perché i sogni mi facevano paura. La chiamo e le dico tutto, pensavo, poi sono crollato sul letto. Mi sono visto in un negozio in via del Corso, non so che negozio, di sabato pomeriggio, sentivo una musica strana, come d'ambiente, si sentivano dei respiri, uno sopra l'altro, quasi affannati, due voci confuse, una che chiedeva Ti piace?, l'altra che rispondeva Sì, e a te?, e allora ho preso l'iphone, ho aperto shazam, ho guardato la schermata azzurra con scritto Ascolto..., poi l'iphone si è spento, e quando si è riacceso mi è arrivato un messaggio di shazam con scritto Bella scoperta! Bella scoperta sì: tuo padre e Silvia che scopano. Poi ero in libreria, nel reparto per ragazzi, vicino al *Diario di una schiappa* ho trovato quello "del cattivo papà", l'ho preso dallo scaffale e mi è caduto a terra, si è aperto sulla prima pagina e mi è sembrato avesse un altro titolo, *Diario del padre di merda*, l'ho raccolto e richiuso, con l'intento di riaprirlo, di controllare se avessi visto bene, e al centro della copertina c'era il disegno un uomo seduto su una poltrona, che rideva, aveva uno strano ghigno e mi guardava, e ora, ora c'era anche una ragazza, una donna, non si capiva l'età perché era di spalle e le si vedevano solamente i capelli, era piegata sulle ginocchia, con la testa all'altezza del cavallo dei pantaloni di lui, con i gomiti poggiati sulle sue cosce. L'ho aperto, ho scoperto che dentro c'ero anche io, c'eravamo io, Silvia e mio padre a colazione, c'eravamo noi alla festa per il ritorno di mia madre, poi sempre noi a casa a vedere il film sul divano, con il papà che le sfiorava la spalla, e poi il viaggio insieme, del papà e di Silvia, a Positano, con lei che fingeva di stare nei Paesi Baschi e lui in una clinica svizzera per smettere di fumare, poi c'erano loro al cinema, con Vins che li riprendeva finché veniva cacciato dalla sicurezza, e poi il libro continuava con la loro intimità, tutta quella complicità, magari un libro insieme, lui che illustrava le poesie di Silvia, non si capiva neanche perché l'avessero messo lì, quel libro, nel reparto per ragazzi... Poi avevo sei anni, io stavo dietro, sdraiato, in macchina, sulle gambe di mia madre, con l'orecchio vicino alla sua pancia a sentire la sua voce ovattata, che rimbombava dentro di lei, dentro di me, mio padre davanti cantava Venditti, De Gregori, Battiato, Zucchero, e anche mia madre, anche se s'inventava le parole, quando ho aperto gli occhi mi sono accorto che non era mia madre, era Silvia, che mi sorrideva e mi diceva di continuare a dormire. Nell'ultimo sogno che ho fatto, quella settimana, mi è apparso Allan, l'amico di sempre, io gli ho detto Basta, ti prego, non ne posso più degli incubi, adesso ti ci metti anche tu, come se finalmente me ne rendessi conto, lui mi ha detto di stare tranquillo, che lui con quelli non c'entrava, che però dovevo rimanere buono, anche se era difficile, anzi avere pietà, vedere le cose per quello che erano, non sei felice, mi ha chiesto, che tuo padre sia ancora vivo? Avresti preferito che si buttasse dal quarto piano? So che fa male, che sei arrabbiato, schifato, ti do ragione, ma pensa a tutto quello che ha passato lui, pensa a come hai trattato Silvia, alle tue scene di gelosia, a tutta la tua immaturità... E poi dai, su, detto tra noi: non avevi già deciso da tempo di andartene da Roma?

Poi una mattina mi sono svegliato, ero di nuovo io. Stavo bene, respiravo come sapevo respirare io, mi guardavo intorno e c'erano tutte le mie cose. Le mie mani, le mie gambe magre e pelose, le ginocchia quasi bianche, con qualche segno, lì sopra c'erano tutte quelle partite di calcio che non finivano mai, quand'ero bambino, la mia faccia, il mio naso ossuto, spigoloso, la mia fronte alta, i miei capelli. Ho mandato una mail a Vins, con scritto solo Il titolo originale è *Baisérs voles*. Ho cancellato Silvia su facebook, instagram, twitter, l'ho bloccata su whatsapp. Era difficile ripulire tutto, c'erano ovunque tracce di noi. Avrei dovuto vederla, parlarci, guardarla negli occhi, glielo dovevo, forse, ma non ce l'ho fatta. Sono uscito dalla stanza e ho trovato mio padre sulla poltrona bordò che faceva la settimana enigmistica, e fumava. Lui ha alzato lo sguardo, ci siamo guardati, come quand'ero piccolo, che ci bastava uno sguardo per capirci, per capire quand'era ora di smetterla. Non lo so quant'è durato quel momento, forse una vita, forse due secondi, poi è entrata mia madre in casa, con le buste della spesa, ci ha visto e ha chiesto Che succede? Prima sembrava scherzasse, poi il tono della sua voce si è fatto più serio. Ho deglutito e le ho detto Vieni, ma', ti devo parlare. Siamo andati in cucina, ci siamo chiusi lì per un po'. C'erano due strade, in fondo. Dipendeva tutto da me. Potevo far crollare tutto, il mondo che avevano costruito per me, per loro, potevo cancellare mio padre, mia madre, i miei ricordi, la mia infanzia. Mia madre si è accesa una sigaretta, le tremava la mano, come se sospettasse qualcosa, come se avesse già capito. Le ho detto che sarei andato a vivere a New York, che avrei fatto il dottorato lì. Lei rideva, era sollevata, poi si è messa a piangere e mi ha abbracciato forte. Non lo dimenticherò mai quell'odore, che sapeva di casa, di sigarette, di romantici tedeschi, di caschetti, di phon in piscina, di in bocca al lupo davanti alla porta di casa, di scuola, di letti rifatti, di cambi di stagione, di mare, di cavallini in galoppo, di vita. L'odore di mia madre.

L'ultima notte prima di partire, la notte dei nasoni, l'ho passata facendo un giro per la città con Eric. Avevo salutato i miei fratelli all'inaugurazione della mostra di Ron Mueck. C'eravamo tutti. Guardavo quelle statue giganti, un bambino appena nato, una signora a letto che pensava, un'altra con il figlio nascosto nell'impermeabile, grandi come case. E anche noi, a guardarci così, da fuori, sembravamo ancora dei giganti. Mio fratello, felice, più riposato, con in braccio il figlio che non aveva più paura, mia sorella con il passeggino, mio padre che abbracciava mia madre e che ogni tanto mi guardava, che sembrava che volesse dirmi qualcosa. Parlava bene di me, a voce alta, perché lo sentissi. Ci lascia soli, diceva, è diventato grande. L'ho guardato con disprezzo, lui se n'è accorto, e mi sono sentito invincibile. Se io adesso andassi da mio fratello e gli dicessi tutto, pensavo, anzi lui no, oggi è il suo giorno, e poi potrei andare direttamente da mia madre, prenderla da parte e raccontarle che era tutta una messinscena, che era tutto finto, la loro storia d'amore, il matrimonio, la casa, i figli, i sacrifici, i viaggi, gli album di famiglia, i ricordi, tutto. Che loro due, lei e mio padre, in realtà, non sono niente, che fanno schifo come tutti gli altri, che sono un cliché, una storia già scritta, già letta, già vista, il vecchio che tradisce la moglie con una ventenne, rovina le vite di tutti e manda a puttane una famiglia intera, solo perché ha ancora voglia di scopare. Guardavo la statua gigante del bambino appena nato e speravo che gli crollasse addosso, magari proprio in quell'attimo in cui si staccava da mia madre. Se lo prendessi a pugni, se lo aggredissi con tutte le mie forze, forse potrei ucciderlo, di certo non ha più i riflessi di una volta, la forza per reagire... Se avessi una pistola, una piccola pistola che mi entra giusta giusta qua nella tasca, adesso, gli sparerei, davanti a tutti, scoppierebbe un finimondo ma alla lunga mi darebbero ragione, solo che io le pistole non so neanche come si impugnano, dove si comprano, le ho viste solo nei libri, nei film... Ho sentito tirare la tasca, ho guardato giù e c'era mio nipote aggrappato alla gamba che mi chiedeva se mi andava di giocare con lui, se potevo chiudere gli occhi, così lui sarebbe andato a nascondersi. Vattene, gli ho detto io, e lui è corso via verso mio fratello gridando che ero cattivo. Ho avuto un capogiro e ho pensato che sarei svenuto lì, davanti a tutti, altro che Ron Mueck, altro che iperrealismo, ma poi ho fatto finta che qualcuno mi stesse chiamando e sono uscito fuori. Avevo solo bisogno di respirare, mi sono detto.

L'ultima notte, che poi era ieri, l'altro ieri notte, più o meno, le strade erano piene di gente che andava in giro con delle bottiglie vuote. L'avrebbero riempite, avrebbero bevuto, e poi qualcuno magari se le sarebbe riportate a casa, piene d'acqua, come ricordo. Quasi quasi lo dico io a tua madre, mi ha detto Eric. Cosa?, ho risposto io, non ci provare. Sì, scusa, dicevo così per dire, ha risposto lui. Mi ha detto che gli dispiaceva di tutto, che lui ovviamente non ne sapeva nulla, che per la prima volta si era sentito in imbarazzo con me, che avrebbe voluto chiamarmi prima ma non sapeva cosa dirmi, e come, che era tutto uno schifo, o quasi, ma che c'era ancora qualcosa che poteva salvarsi, c'eravamo noi, come sempre. Vins è un coglione, mi ha detto lui, sai tutte quelle storie che ci raccontava sulla sua famiglia? Non era vero niente, se l'era inventate tutte. Tranquillo, gli ho detto io, alla fine mi ha fatto un favore. E poi non mi va proprio di pensarci. Eric mi aveva fatto una compilation per l'addio, l'aveva chiamata così. Ma non sto mica morendo, gli ho detto io. Sì, lo so, ha detto lui, però chissà quando ci rivedremo, volevo farla un po' drammatica. Abbiamo cantato a squarciagola, con i finestrini aperti, si giravano tutti, qualcuno rideva, qualcuno ballava anche. Ci aveva messo di tutto in quella compilation. *Breezeblocks* degli alt-J, cantavamo *Please don't go Please don't go, I love you so, I love you so*, poi *Intergalactic* dei Beastie Boys, che ballavamo facendo i robot, i Baustelle, *Dammi una sigaretta, Copenaaaghen*, i Kings of Convenience, *I'd rather dance with you*, poi *Attenti al lupo, The Real Slim Shady*, Moby, i Joy Division, i Nirvana, i Massive Attack, *Jump around*, fingendo di saltare sui sedili, I Cani, e lì Eric si è seduto sullo sportello, con il corpo fuori, e urlava *Vorrei stare sempre così, avere cose pratiche in testa, i soldi per mangiare, i dischi, i videogiochi e basta*. Abbiamo salutato San Pietro, che diventava grande quando eravamo lontani e piccola quand'eravamo vicini, in via Piccolomini, poi le gallerie con le luci, il bivio, a destra Gregorio VII e a sinistra Trastevere, Testaccio, il lungotevere con gli alberi che fanno da tetto, da cui passano i raggi del sole, poi Villa Pamphili, tutti gli ingressi, il tram 8, l'unico che passava sempre, da Monteverde fino a piazza Venezia, una piazza un po' gelosa, sempre piena di macchine, a volte non ti faceva più andare via, e il Gianicolo, che si vedeva tutta Roma dall'alto, con i chioschetti, in quello spiazzo pieno di scritte, di primi appuntamenti. Domani vuoi che ti accompagni all'aeroporto?, mi ha chiesto. No, gli ho detto, mi accompagna mio padre. E lui ha capito.

Tutti i titoli della collana «Romanzi»

Sergio Peter
Dettato
€ 9,90
ISBN 978-88-6790-103-6

Iacopo Barison
Stalin + Bianca
€ 9,90
ISBN 978-88-6790-104-3

Orazio Labbate
Lo scuru
€ 12,00
ISBN 978-88-6790-125-8

Francesca Matteoni
Tutti gli altri
€ 9,90
ISBN 978-88-6790-126-5

Mario Capello
L'appartamento
€ 9,90
ISBN 978-88-6790-138-8

Luciano Funetta
Dalle rovine
€ 9,90
ISBN 978-88-6790-157-9

Mauro Tetti
A pietre rovesciate
€ 9,90
ISBN 978-88-6790-151-7

Yasmin Incretolli
Mescolo tutto
€ 9,90
ISBN 978-88-6790-165-4

Luca Bernardi
Medusa
€ 12,00
ISBN 978-88-6790-205-7

Francesco D'Isa
La stanza di Therese
€ 12,00
ISBN 978-88-6790-101-2

Giordano Tedoldi
Tabù
€ 14,90
ISBN 978-88-6790-231-6

Orazio Labbate
Suttaterra
€ 12,00
ISBN 978-88-6790-249-1

A maggio in uscita

Kareen De Martin Pinter
Dimentica di respirare
€ 12,00
ISBN 978-88-6790-267-5

Giuliano ha iniziato a smettere di respirare fin da bambino, fuori e dentro l'acqua, per gioco e attitudine naturale. L'incontro con un allenatore di fama sarà l'inizio di un viaggio che lo porterà a battere tutti i record di apnea, fino al mattino in cui si sveglia in preda a un accesso di tosse che non accenna a smettere. La diagnosi sarà impietosa, ma Giuliano, deciso a farla finita senza attendere una lunga agonia, è pronto a lanciarsi in un ultimo tuffo, dentro alla pancia del mondo: sarà una discesa visionaria nei lati oscuri del suo passato e in ciò che si nasconde oltre la vita stessa.